講談社文庫

素浪人半四郎百鬼夜行㈥

孤闘の寂

芝村凉也

講談社

目次

素浪人半四郎百鬼夜行（六）

孤闘の寂

第一話　龍の洞穴

一

「ここが、その穴ですか」

山の中腹の地面にぱっくりと口を開いた亀裂を見ながら、山家同心小頭(やまがどうしんこがしら)の福原喜内(ふくはらきない)が言った。黒々とした裂け目は先が見通せず、どこまで続いているのか全く見当がつかない。

「うむ、前回生じていたのもまさしくこの場所だったゆえ、おそらく同じものではないかという気がするのだが……」

問われた意行(おきゆき)の返答は、自分でもどこか頼りないものに聞こえた。

かように埒(らち)もないことを、しかも、かくも不確かな話でと、表情を消した福原の瞳の奥に怒りと苛立(いらだ)ちが見える気がする。それでも、「目の前の相手もご主君の命で仕方なくやってきているのだ」と思い直してくれたのか、自分たちをこの場まで伴った男から周囲へと視線を移した。

周りの様子を再度確かめるためというより、顔から消えかけた笑みを誤魔化すための所作であったかもしれないが、己ごときでは直にお顔を拝むこともできぬほどの高みに上られた御主君の意向ともなれば、その小姓を勤める目の前の相手へ、不機嫌そうな態度を示すことなどできるはずもない。

意行たちがいる場所は、柴や山菜の類を求めて近在の領民が山へ入るために使う獣道と変わらぬほどの細い道が通るだけの、木や草が生い茂っている場所である。山自体の傾斜とは別に、そこここでこんもりと盛り上がったコブの一つに、今意行たちが目の前にしている穴はあった。

左右に五間（十メートル弱）ほど、高さが五尺（約一・五メートル）ほど、斜面の大地が上下に割けている。誰かが掘ったものとはとうてい思われず、もともとあった地中の裂け目の地表部分の土が、こたびの大地震ではずれてしまったものだと見受けられた。

「こんなところで立っておっても仕方がありますまい。入れるかどうか、ともかく見てみようではありませぬか」

この場に立つ三人のうちの最後の一人、地士帯刀人（じしたいとうにん）の井上実蔵（いのうえじつぞう）が提案した。

残る二人も、内心はともかく、自分らのやるべきことについて異論はない。穴のそばへ近づくべく、いったん下る斜面へ滑らぬように慎重に足を踏み出した。


ここは、紀州（きしゅう）藩が城を置く和歌山（わかやま）の町の東方、飯盛山（いいもりやま）という小高い山の中だった。

山家同心小頭や地士帯刀人というのは紀州藩内における在郷役人の呼称で、山の木々その他の植生の管理、交通路の整備などにあたる山家組頭（くみがしら）の下、山家同心たちを取りまとめるのが山家同心小頭の職責だった。一方、地士帯刀人というのは、年貢の納付や村内の治安維持など村の自治に関与させる目的で、藩庁から準藩士として扱われる郷士のことである。

同じ在郷の役人とはいえ全く別な職務に就く者二人がこの場にあるのは、紀州の殿様と、そのご下命を受けた意行のせいだった――という見方は福原や井上のものであって、意行自身もただ命ぜられて使われる身であることに、変わりはない。

意行にすれば、三人がこんな何もないところで面（つら）突き合わせていなければならないのは、全て自身のご主君の思いつきが原因だった。

意行のご主君、幼名を源六（げんろく）君といったお方は、稀（まれ）にみる幸運の持ち主だった。母親は一説によれば風呂焚きとして奉公する婢女であり、紀州藩主がほんの些細な「気の迷い」でただ一度お手を付けただけで、源六を懐妊した。生まれた源六は父親である藩主に実子として認めてもらうこともできぬまま、家臣によって扶育された。

　そのままだったならば、大名の血を引くとはいえ扶育してくれた家臣の養子となるか、もしくは一生を部屋住みの身で隠遁生活を送らなければならなかったはずが、老中の機転で兄の「ついで」に将軍へのお目通りが叶い、幕府によって紀州藩主の実子であるとのお墨付きを得ることができた。徳川御三家の若様となれば部屋住みのままにはしておけず、源六は松平頼方と名を改めて、紀州徳川家の支藩である越前葛野藩の藩主となったのである。

　これだけでも常人にはあり得ないほどの幸運なのだが、源六改め頼方の「つき」はさらに続く。父に代わり紀州藩主の座に就いた兄二人が立て続けに病死するとともに、自分には愛情を見せてくれなかった隠居の父も間を置かずに亡くなり、頼方は名を徳川吉宗と再び改めて、紀州本藩を襲封することになった。

　意行は、吉宗が源六を名乗っていた幼少期より近侍していた。ただし、身分は源六君を扶育していた家臣の足軽格の家来と低く、やっていた仕事は下働きや雑用に過ぎない。ただ、源六が不遇であり周囲に仕える者が少なかったために、軽輩の意行であっても直にお目に触れる機会が多く、身分違いでありながら親しくお言葉を賜る（たまわ）ることもあったというだけだった。

しかしながら、身近で奉仕する相手の立場の激変が、意行の境遇までも大きく変えた。源六から頼方と名を改め大名に列してほどなく、主は家臣の家の足軽であった自分を手許へと引き取ってくれた。しばらく様子を見た上で、武士として最下級の身分であった意行を小姓にまで引き上げてもくれた。

それが、もともと気の許せる家臣を多く持たなかったがための行為であったとしても、意行にとっては深く忠誠を誓うに十分な厚遇だ。なお、意行が正式にご主君に召し出されたのは小姓登用の際とされ、意行という名乗りもこのとき改めたものだった。

今日この日、ご城下からわざわざ何もない山まで出張って、地の裂け目を前にしている理由は、今は吉宗となったご主君が、まだ葛野藩主であった四年前の出来事まで遡（さかのぼ）る。

当時の頼方公は越前の大名になったとはいえ、葛野は紀州の支藩として政（まつりごと）の全てを紀州本藩が取り仕切っていたから、ご主君は領国へ赴（おもむ）くこともなく、和歌山のお城の中に住まいを与えられて暮らしていた。

意行から見ると、人に倍するほども活力の盛んなご主君は、名ばかりの大名に祭り上げられて相当に暇を持て余されていたようだ。そこへ、突如大地震が発生した。

　このときの地震——後に元禄大地震と呼ばれることになる災害の中心はどうやら関八州のほうらしかったが、紀伊半島にまで大津波が押し寄せてきた。大きな被害が出たのは関東の側に向いている伊勢や志摩であって、紀州は一部を除いてさほど大ごとにはならなかったものの、それでも国中が騒然とした。

　覇気溢れるご気性であらせられるとともに、自らを家族と認めなかった父や兄に反発を覚えていたご主君の頼方公は、周囲の制止を撥ね除け、藩主も前藩主も行おうとしていない被災地の実地検分へと乗り出した。その視察地の中に津波の被害など及びそうもない内陸の山を含めたのは、飯盛山で山崩れが起きたという報せがあったことも一因ではあるが、憂さ晴らしも兼ねて日ごろから好まれていた鷹狩りのお狩り場がどうなってしまったか、自身の目で確かめたいという思惑も少なからず働いていたようだ。

　将軍家の気紛れからとはいえ、一族と認めて大名にしてしまった者が、本家の領内で事故に遭い死んでしまうようなことがあってはさすがにマズい。本藩の藩庁としても、いつまた津波が襲ってくるかもしれない海岸へ向かわせるよりはと、頼方の飯盛山視察には内心歓迎する向きがあったらしい。

季節は十一月の末。すでに雪も降るようになっていたが、海からもさほど離れていない小高い山には、人の通行を阻むほどの積雪はなかった。

本藩のお偉方があっさり認めてくれたことで予測はついていたものの、やはり飯盛山の山崩れは、被害らしきものがほとんど発生していない小さいものであった。少人数での馬の遠乗りとたいして違わない視察を終えると、城に帰る前に、頼方は一人馬を降りて繁みの中へと踏み込んでいった。

便意を覚えたためであったが、幼年時より周囲に仕える者の少ない暮らしを送った頼方は、このようなときに煩わされるのを嫌うと皆が知っていたから、呼ばれもせぬのにご主君についていこうとする者はいなかった。

と、すぐに戻るはずのご主君がなかなか姿を現さないばかりか、ご主君があげたに違いない大声が藪の向こうから聞こえてきた。意行をはじめとするお供の面々は、慌てて声のしたほうへと駆けつけた。

何かあったかと思われた頼方は、全く異常などなさそうな様子で立っていた。皆がほっとしながら近づいていったが、ご主君は家来がやってくる気配に気づいているはずなのに振り向こうともしない。ただ向こう側の斜面を見つめたまま、立ち尽くしているようだった。

「殿様、何かござりましたか」

意行と同じく古くからご主君に仕えている加納久通が、足早に近づき声を掛けた。

久通はご主君が幼少の砌は傅役をやっていた上士である。意行にとっては、頼方に引き取られるまでの主家にあたる人物だった。

数少ない寵臣の呼び掛けに、頼方はようやく自分の供を振り返った。

「そこの、穴」

馬を降りてから脱いだ陣笠で、前方を指し示した。このご主君にしては珍しく、語尾の曖昧な言い方だった。

久通をはじめとする皆の目が、指し示された場所へと向けられる。そこには、四年後の今日、意行や福原らが目にしているのとまさしく同じ場所、同じような形の地面の裂け目が、黒々とした口を開けていた。

「地中の亀裂のようでございますな。こたびの大地震で、口を開けたものでしょうか」
二、三歩近づき、わずかに腰を屈めて中を窺うようにしながら久通が応じた。
「何か、おった」

漠然(ばくぜん)とした言い方は、やはりいつものご主君らしくないものだった。

「何か？　――土竜(もぐら)でも顔を出しましたか。それとも、突然開いた穴に鼬(いたち)でも落ちて藻掻(もが)いておりましたかな」

久通の落ち着いた問い掛けに、ご主君は憤然として応じた。

「そのように小さな生き物ではないわ。もっと、ずっと大きなものよ」

「まさかに、熊が？」

これほどご城下に近く険しさもない山に、熊が巣を作っているわけがないと思いながらも、そのような問いが口からこぼれ出した。ご主君の視線が、問うた意行へと移ってくる。

「何かは判らぬが、もっと大きなモノだ」

「熊より大きい――それは、いったい……」

「だから、何かは判らなんだと申しておる。穴の奥の方を滑るように動いていき、あっと思ったときにはもういなくなってしもうた――消える間際に予をひと睨(にら)みしおったが、まるで、予など虫けらと同じというような、気にも掛けぬ目つきであったわ。

面つきは闇の中で全く判らなんだが、目だけは光ってよく見えた。予が朝の洗面に使うたらいほどの大きさであったぞ」

視察という自らに課した務めの最中に、絵空事の大法螺をでっち上げて皆を驚かそうとするような不真面目なお方ではなかった。

――そのように大きな目を持つモノの全身は、どれほどになろうか……。

皆が頭の中で想像を巡らせていると、ご主君はとんでもないことを言い出した。

「あれが何であったか、確かめてみたい」

すぐに反応したのは、やはり加納久通だった。いつもの温厚さをかなぐり捨てて、厳しい口調で諫言する。

「なりませぬぞ。そのように危ういまねは、一国のご領主がなさることではございませぬ」

「では、代わりに誰か確かめてくれる者はおらぬか」

無念そうな口調になるのは、本当は自分でやりたいからだ。しかしさすがに、藩主としてのお立場はわきまえていらした。

誰か、という言い方をしているものの、ご主君の目は意行を捉えている。意行は意を決し、一歩踏み出そうとした――と、ちょうどそのとき、不意に地面が揺れ出した。

ご主君以外の皆が不安そうな目になって周囲を見回すが、揺れはさほど大きなものではなく、ほどなく収まった。

殿様、と久通は落ち着いた声で再度呼び掛け、思うところを口にした。

「かように、地の揺れがまだ完全に収まってはおりませぬ。もし万一、誰かを中に入らせている最中にもっと大きく揺れて、割けた大地がまた塞(ふさ)がってしまったならばどうなされます」

頼方は、聡明なご主君だった。

「さようか――久通の申すとおりだな。これは、予が悪かった。皆、忘れてくれ、引き揚げようぞ」

いったん考えを改めると、もう未練は残さなかった。自ら先に立って供を引き連れ、城への帰途についた。

――すぐには無理でも、もう少し揺れが落ち着いたなら。

意行は内心そう考えていた。しかし、時節を窺っているうちにすぐに年の瀬が迫り、自らの領地に関与しない「形ばかりの殿様」である頼方ですら様々な行事に引っ張り出される季節となった。小姓に引き上げられた意行にも少なからぬ仕事が舞い込んでくる。「そういえばいつの間にかあまり揺れなくなった」とふと気づいたときには、もう一月も半ばを過ぎていた。

意行は非番の折、単身で飯盛山のあの斜面へと足を向けた。雪は前回登ったときより積もっていたが、それでもさほど苦労することなく目的の場所へ着いた。

しかし、そこにはあの大地の裂け目はなかった。積雪で隠されているのかとも考えたが、どこをどう探してみても、それらしい穴が開いている様子はない。加納久通がご主君に言ったように、ぶり返しの揺れか何かのせいで、また穴が塞がってしまったと考えるよりなかった。

宿直（とのい）で夜間ご主君のそばに詰める際、「目が冴えて眠れぬ」というご主君のお話し相手として夜伽（よとぎ）を勤めることがあった。何かの話の流れで、意行はご主君にあの穴が塞がってしまっていたことをお話しした。

ご主君は意行の話を黙って聞いていただけで、何も口にされることはなかった。

これが、四年前から三年前にかけての話である。

二

そのまま、この話は終わったはずだった。ご主君の幸運はさらに続き、葛野藩主から紀州本藩の藩主となったのだが、これを機に吉宗と名を改めたご主君は、今まで疲弊するに任せてきた本藩の財政を建て直すべく、藩政改革に邁進なされるようになった。意行自身も、いささかなりともご主君のお役に立つべく働いていたから、飯盛山で突然口を開いた亀裂のことは、いつの間にかすっかり忘れていた。

ところが、四年前のあの大地震にも劣らぬほどの大きな揺れが、また大地を襲ったのである。前回関八州に最も被害をもたらした揺れは、こたび南海道（紀伊・淡路島・四国の総称）へと中心を移したため、和歌山をはじめとする紀州藩も大打撃を受けた。

意行は、緒についたばかりの改革について、「さすがのご主君も断念されることになろうか」とお心の内を慮ったものの、吉宗という漢がこれしきの困難にへこたれることはなかった。むしろ、「あまりの被害の大きさのためこれまでのやり方が通用しなくなった」という事実を前面に押し出して、旧態依然の政を墨守しようとする重臣連中の抵抗を、全て薙ぎ払われてしまった。

吉宗の紀州藩主就任を機に御用役番頭に登用された加納久通から、意行が呼び出しを受けたのは、藩主直々の指揮により和歌山の町がようやく落ち着きを取り戻そうとしているころだった。こたびの大地震から、一月近く経った霜月（旧暦十一月）の初めのことである。

「それがしに加納様がご用とは、いったい何ごとでござりましょうや」

ご主君に従い城下の復興と改革の推進に忙しいはずの久通から一人だけ部屋へ呼ばれた意行は、どのような難事を仰せつかるかと緊張を面に表しながら問いを発した。

向かい合って座した久通は、いつもの穏やかな視線を相手へと向けた。

「こたびの大地震の始末では、そなたにも大いに立ち働いてもらった。儂からも礼を申す」

ご主君より十ばかりしか年上ではないと聞いているから、まだ三十代半ばであるはずの久通は、老成を感じさせる落ち着いた声で語り掛けてきた。

「過分なお言葉にござります。吉宗様から受けた恩義を思うにつけ、まだまだ働きが足らぬと己の無能を悔やむばかりの毎日にござりますれば」

へりくだる意行に、久通は「いや、そなたの忠勤をお殿様も頼もしく思っておられる」と褒め言葉を重ねてきた。

無言で頭を下げることで感謝の意を示した意行に、久通は「ところで」と呼び掛けた。ここからが本題と、意行は肚を据えた。

「地震といえば、あの元禄の大地震のときのことだがな、そなた、憶えておるか」

「と、おっしゃいますのは」

「そなた、お殿様――当時の頼方様や儂とともに、飯盛山へ登ったことがあったであろう」

ご主君や久通は騎乗だったが、まだ身分の低かった自分は、ご主君の馬の口取りをしていた。

「あの、穴のことにござりますか」

まさか、とは思いながら、他にこのような話が持ち出される理由を考えつかない意行は、恐る恐る訊(き)いた。

「さすがに、お殿様がお目を掛けられただけのことはある。頭の巡りは早いの」

今度の褒め言葉には乗らずに、意行は「で、あの穴がどうか致しましたか」と先を促した。

「お殿様は、いまだにあのときご覧になった光景がお忘れになれぬようじゃ」

久通が言及したのは、ご主君が穴の奥に見たとおっしゃった、得体の知れぬ生き物のことであろう。

「しかしながらあの穴は、もう塞がったはず……まさか、こたびの地震で？」

上目遣いに伺(うかが)う意行を見返した久通は、無言で頷(うなず)いた。

「また、穴が開いた――なれど、同じものにござりましょうや」

「まずはそれを、そなたに確かめてもらいたい——こちらに届いた報告によると、ほぼ同じ場所で同じように開いておるように思えるが、往時あの場にいた者でなくば、確かなところは判らぬからの」

「報告とは、いずれより」

「郡奉行からの報告の中に紛れ込んでおった。こたびの地震で起こった異変は、細大漏らさず報せるように通知しておったからの。

それが、お殿様の目に止まってしもうた。儂はそのようなことなどすっかり忘れておって、飯盛山の中腹に穴が開いたと書かれておったのをうかうかと見過ごしてしまったのだがの」

さすがに苦笑を隠しきれぬ口調で、久通は言った。

何ごとも疎かにしないご主君だから起こったことであったろう。多忙な中、ご主君は郡奉行から届けられた形式的な書付にまでしっかりと目を通したのだ。

意行は、頭を下げた。

「承りました。さっそくこれから飯盛山へ足を運びましょう。さりながら、一つお尋ね申したきことがござります」

「何じゃ」

「加納様は、『まずは確かめよ』と仰せになりました。なれば、確かめた上でさらになさねばならぬことがありましょうや」

久通は、満足そうな顔で応じた。

「ある——もっとも、こたびの穴が四年前と同じものだと確かめられた上でのことだがの」

「それは」

二年前に新任された御用役番頭は、呼び込んだ男の顔をじっと見つめた。

「そなたに、穴の中まで確かめてきてほしい。そのための人も用意するゆえ、向かってもらうのはこれからすぐではなく、少し先になるがの」

「なんと……それが、吉宗様のご意向であらせられますのか」

久通は溜息をついた。

「あのようなもの、儂などは放っておけばよいものをと思えてならぬのだが、お殿様にはなぜかこだわりがお有りらしい。どのようなこだわりかは、儂もいま一つよく判らぬのだが」

「……僭越(せんえつ)なお尋ねをお許しください。加納様のご想像で結構でございます。吉宗様は、どのようなご意向であの穴にこだわっておられるとお考えですか」

久通はほんの一瞬だけ鋭い目になって問い返した。

「儂の想像など訊いて何とする」

「ご主君の胸の内を推し量るなど、僭上至極(せんじょうしごく)な振る舞いであることは重々承知しておるつもりです。なれど、こたびのご下命を果たすに当たっては、吉宗様のご存念をたとえ当て推量でも知っておかねば、務めを果たせぬやもしれぬと存じました」

久通の顔は、意行の答えを聞いている途中からもう普段の穏やかなものへ戻っていた。

「あの穴は、四年前に開いた後いったん閉じておる。なれば、中へ入るのは命懸け――そなたが申すのも、もっともであるな」

「いえ、命惜しさに申し上げているわけではございませぬ」

「判っておる。お殿様のご意向を踏まえていなければ、何をどこまでなすべきか、判断に困ることが出てくるやもしれぬと考えての問いであろう」

無言で軽く顎(あご)を引くことによって、意行は肯定の意を示した。

相手から視線をはずして宙を見上げた久通は、「なれば、儂の考えをそなたに伝えておこうか」と続けた。

「そなた、源頼家(みなもとのよりいえ)公が家臣の仁田忠常(にったただつね)に人穴(ひとあな)の探索を命ぜられた話は知っておるか」

　意行は、突拍子もない話を持ち出されて驚いた。源頼家といえば鎌倉幕府の第二代将軍、宝永四年（一七〇七）の今から五百年も前に生きた人物だ。

「いえ、さすがに源頼家公は存じ上げておりますが、浅学にして仁田忠常や人穴というのは聞いたことがございません」

「さもあろう、別段恥じることではない。『吾妻鏡』も史籍（歴史書）とは申せ、皆が皆目を通しておるわけではないからの。仁田忠常の人穴探索の話は、この『吾妻鏡』に載っておるものじゃ」

『吾妻鏡』は武家として初めて征夷大将軍に任ぜられ、幕府を開いた源氏三代やその後の北条氏の事績が書かれた歴史書である。現在の将軍家である徳川も源氏の流れを汲んでいることになっているから、徳川御三家当主の直臣である意行へのこの言は、寛容に過ぎると評することもできたが、足軽という意行の出自を考えれば、妥当なもの言いだったとすべきであろう。

　ともかく久通は、咎め立てることなく説明を進めた。

「富士のお山の裾野にはいくつもの大穴が開いておるという話だが、人穴と申すのもその中の一つ、富士の西の麓に盛り上がる小山に開いた穴じゃそうな。無論人が十分入れるほどの大きさで、どこまで続いておるのか、知る者は誰もおらぬというほど深いと申す。

さて、鎌倉幕府二代将軍の頼家公が、伊豆に領地を拝領する仁田へ、この穴の探索をお命じになった。仁田は郎党五人を引き連れ松明（たいまつ）を掲げて穴の奥へと入り込んだところ、しばらく歩いた先に大きな川が流れておって、どうにも前へ進めなくなったそうな。

これよりいかにせんかと思い悩んでいると、引き連れてきた郎党どもがバタバタと倒れて皆死んでしもうた。仁田自身は、神仏に祈りながら家伝の宝刀を川に投げ入れたことで、どうにか命を永らえ生きて戻ることができたと、帰着してから頼家公へ言上（ごんじょう）したと記されておる」

「こたび飯盛山に開いた穴は、その人穴と同じものだと？」

開いた後に痕跡一つ残さず閉じてしまう穴に入り込むなら、命懸けになるとは考えていたが、これは思った以上に危険な仕事のようだと意行は気を引き締め直した。

が、久通は含みのある応え方をしてきた。

「そう早まるでない。儂の話は、まだ途中だ」

諫（いさ）める久通へ、意行は軽く頭を下げて詫（わ）びとした。些事（さじ）にこだわることのない久通は、不快げな顔ひとつせずに話を進めていく。

「話にはまだ続きがあっての。将軍が人穴に家臣を入れることについて、土地の古老は『お穴は浅間大明神（あさまだいみょうじん）（富士山本宮浅間大社（ほんぐうせんげんたいしゃ）の主祭神、木花之佐久夜毘売（このはなのさくやひめ）の別称）の住まわれるところゆえ、郎党どもが命を喪（うしな）ったのは神罰が下ったからであろう。戻った仁田殿や、お穴入りをお命じになった将軍家に、何ごともなければよいが』と言い合ったそうだ。

この憂いは後に現実となり、仁田忠常は謀叛（むほん）の疑いを掛けられて殺され、頼家公も修善寺（しゅぜんじ）にてまだ若くしてご逝去（せいきょ）なさることとなってしまわれた」

早まるなと制せられたばかりの意行だったが、思わずまた口を挟んでしまった。

「お待ちくだされ。それがし自身の危険はともかく、ご主君のお命にまで関わりかねぬ穴を探れと、加納様はおっしゃられますのか」

主のことを思っての発言であるから、こたびも久通は咎めることをしなかった。

「今のは、あくまでも『吾妻鏡』での話じゃ。仁田がどのように穴を出たかにはいろいろと異説があっての、その中には、仁田は猪（いのしし）に跨（また）がって穴を駆け抜け、鎌倉の江ノ島で地上へ戻ったというものもある」

気休めで付け足したような荒唐無稽（こうとうむけい）な話に、意行は乗せられなかった。

「しかしながら、ときの将軍と仁田という家臣が、ともに不幸な亡くなり方をしたことに変わりはありますまい」

突き詰めるような言い方をされても、久通は全く動じなかった。落ち着いた声で、意行に反問してくる。

「飯盛山の穴を探るは、お殿様のご意向と申したはずぞ。そなた、お殿様の身が危ういゆえと申し立てて、ご下命を拒絶することができるのか」

「滅相もございませぬ。そのように畏れ多いことを、それがしができるはずもございません」

「なれば、命を承ったようなふりをして、何もせずに済ませるか。あの吉宗様を前にして、そなたにそのような肚芸がこなせるのか」

「それは……」

やってみせる、とは言えなかった。いくらご主君のためとはいえ、ぬけぬけと嘘をつくことにはどうしても躊躇いを覚える。それに何より、いくら自分が懸命に誤魔化そうと努めたとしても、あの英邁なご主君が欺かれるとはとうてい思えなかった。

「拒みもできぬ、嘘もつけぬというなれば、やるよりあるまい」

久通の言うとおりだった。

ご主君のお命を縮め参らせかねない行為には、できるなれば手など出したくない。しかし、もし自分が逃げれば、他の誰かにお鉢(はち)が回っていくだけだった。

——なれば、せめて己(おの)がこの手で。もし本当にご主君の生死に関わりそうな事態となったとしても、我が一命に代えて何としても避けねばならぬ。

そう、強く心に誓った。しかしながら、つい恨み言が口をついて出てしまう。

「判り申した——さりながら、吉宗様はなぜにこのように危うきことをなさろうとしておられるのか」

久通は、わずかに間を空けてから問いに応じた。意行に決断を求めた強い口ぶりから、もういつもの穏やかな話し方に戻っていた。

「問いが堂々巡りして、また戻ってしまったようじゃの——いや、そなたが悪いわけではない。儂が余計なことを口にして、話が脇道に逸(そ)れてしまったのが原因ゆえな。さりながら、仁田がことは、やはりそなたに知っておいてもらう要があった」

こたびのご下命に、たとえわずかであってもご主君の大事に関わりかねないという懸念がある以上、当然の配慮である。

「ともかく、分不相応(ぶんふそうおう)を重々承知の上で、この久通がお殿様の心の内を推し量ってみようかの」

久通は、再び話をいったん区切ってから、先を続けた。その間に、何をどう話すべきか、考えをまとめていたのかもしれない。

「お殿様は、挑もうとしておられるのやもしれぬ」

「挑む？　何にでござりますか」

自分を呼んだ御用役番頭は、ちらりとこちらを見返してきた。

「庶子（正式な婚姻関係以外でできた子であるため、家督相続などの公的な相続権を有しないとされる子供）としてすら認められなかったお身の上から、徳川御三家の当主にまでなられたお方が、その上何に挑むというのかと疑問に思うは、当然である。しかし我らがお殿様は、たとえ紀州五十五万石の領主となろうとも、その地位に安住されるお方ではない」

「おっしゃることは判りますが、では」

意行も小姓として常にそばに仕えている身なれば、ご主君のご気性については十分わきまえているつもりだ。しかしながら、それでも久通が何を言わんとしているのかは見えなかった。

「お殿様が挑まんとしているのは、ご自身の定めであるのやもしれぬな」

「定め？」

「今申したように、お殿様は傍目から見れば今のご身分まで、言わば『成り上がられ』た。しかしながらお殿様ご自身からすると、それは己の定めに振り回された結果だということになるのやもしれぬ」

「……それが、こたびのご下命とどのようにつながって参るのでしょうか」

　宙に目を据えあらぬ方を見ていた久通は、再び意行へ視線を戻した。

「源頼家公は、『吾妻鏡』によれば己の分を省みぬ不遜を企てたことで、神仏のお怒りを買ったと記されておる。我らがお殿様は、己もその程度の存在でしかないのかどうか、お確かめになられたいのではなかろうか」

　いつも周囲を威圧せんばかりの活力を見せながら、己の信念を堅持し疲れも見せず邁進するご主君のお心の内に、そのような屈託があったのかと、意行はしばし茫然とした。

「お殿様ご自身は、あるいは気づいておられぬかもしれぬ。ただ単に、四年前に見た異形の生き物の正体を確かめたいと、求めておられるだけかもしれぬ。

　しかしながらあのように聡明なお方が、ただの私事の興味のために、家臣の身を危険に曝したいなどとは、決して思われぬはず——もっとも、自分がそのようなことを言い出したならば、無理にも危うい目に遭わねばならぬ者が出ることもお判りゆえ、迷っておられるところもおありだがな。ゆえに、『これ以上お触りあるな』と申し上げた。何をどうするか何もしないか、それがしに全てご一任をとお願い致した」

意行は、口を閉ざした久通に深々と頭を下げた。ただの小姓でしかない己に、ここまで深く肚を割って話してくれたことに対する感謝も込めての行為だった。

「お話は承りました——しかし、なおそれでも……」

意行の逡巡（しゅんじゅん）が己の身の危険に臆（おく）してのことではないと知っている久通は、それまでと同じ穏やかな口調で告げた。

「やらずに済ませられるかどうかは、先ほどそなた自身が答えを出したはず。それに、こんなことでお殿様の危難除けになるかどうかは不明だが、一応の手も打ってある」

「それは？」

「よいか、こたびそなたに指図をしたのは、あくまでもこの儂、加納久通である。この久通がお殿様のお心を勝手に忖度（そんたく）して、独断で進めただけのこと。お殿様は、このようなことが本当になされるなどとは、全くご存じないことになる」

ご主君のために、身代わりになる覚悟だと、久通は言ったのだった。「やってくれるな」という念押しに、それでも意行は心に浮かんだ疑問を口に出さずにはいられなかった。

「しかしながら、吉宗様はなぜに己の定めに挑もうなどとお考えになったのでしょうか」

「お殿様は、まだ高みを見ておられるのやもしれぬ」

「？」

「己がどこまで行けるものなのか、もしこのようなことで終わる程度なれば、とうていずっと先までは行き着けぬと、そうお考えなのではあるまいか」

――今よりもずっと先、遥かな高み……。

それは、意行風情(ふぜい)では想像を巡らせるだけでも畏れ多いことであった。

「加納様よりのお指図、確かに承りましてございます。一命に代えてでも、何としても果たして参るつもりにござりまする」

御用役番頭に平伏した意行は、ご下命を拝受したという意思をはっきりと告げた。

三

そして、意行は今、飯盛山の中腹に開いた亀裂の前に、こうして立っている。こたび同行することになった山家同心小頭の福原と地士帯刀人の井上は、久通が選んで付けてくれた者たちだった。

福原は五十に届こうかという小柄な役人だが、いかにも山には慣れている様子を見せている。一行の案内人的な役割を担わされているはずだったが、山に精通した熟練の役人とはいえ、さすがに穴の中となると勝手が違おう。それでも、城の中で日々を送っている意行にすれば、頼りになる助言が期待できた。

一方の井上は、意行とあまり年が違っていそうにない、がっしりとした体格の若い男だった。こちらは、意行と福原の警固役として選ばれたようだ。

目指す穴の前に立っているのは、この三人で全てである。荷運びや雑用の小者すら、一人も連れてきてはいなかった。

これから自分らがやろうとすることを、できるだけ秘匿(ひとく)しておくための措置だ。福原や井上にも、久通を通じてしっかりと口止めがなされているはずだった。

藩の公的な仕事ではないからという表向きの理由が、あるにはある。しかしそれより何より、かような馬鹿げたことを――しかも、もし大真面目に取るならご主君の命に関わりかねない一大事へ乗り出そうとしていることを、他人に知られるわけにはいかなかったからだ。

「どうなさいます」

福原が、意行に訊いてきた。

この場の宰領を任されている意行は、すぐに返事をせずに改めて目の前の地に開いた穴を眺めやった。

久通からは、「もしこの穴が前回我らが見たのと同じものであったならば、中を探れ」と命ぜられているが、果たして同じものなのかどうか、確信を持つには至らずにいる。何しろ四年も前のことであり、こんな仕儀になるなどと思っていなかったため、そうしげしげと地面の亀裂を観察したわけではなかった。

そうだと言えばそのようでもあり、似ているが違うものだとしても、全く不思議はない。漠とした印象は、二、三歩遠ざかっても首を突っ込むほどに近づいても少しも変わりはしなかった。

「入ってみようか——各々方、支度はよいな」

意を決して返答した。絶対に違うと判断できない以上、他にやりようがあるはずはなかった。

——もしかすると、前回ご主君が中に何者かの影を見たのはただの生き物の巣で、こたびのこの穴こそ浅間大明神のお住まいだということはあるまいか。

懼れが、心の中に忍び込んでくる。もしそうならば、自分たちが踏み込むことで、ご主君を本来不要な危うい目に遭わせることになるかもしれないのだ。

——しかし、避けるわけにいかぬということを、己は加納様とお話ししたときに得心したはず。

自分自身に、無理矢理言い聞かせた。

福原と井上は、ちらりと顔を見合わせた後、二人して意行に頷いた。井上はそのまま、持ち込んだ荷から松明を抜き出して火を点す支度を始めた。立ったままの福原が、再び問いを発する。

「どこまで踏み込まれるか、お心づもりを聞かせていただけますか」

山に精通した案内人と目されてこの場にある以上は、当然の問いだった。

「ともかく、入口辺りの様子を探ってからだ」

目算など何もない意行は、そう答えるよりなかった。

屈んでいた井上が立ち上がる。三人分の松明に火をつけた上で、地面の焚き火を消すところまで要領よく終えていた。すでに、自身の支度は済んでいるようだ。

意行と福原も、それぞれ手早く自分の持ち物の確認を始めた。

穴は、本当にできた亀裂のようで、横幅はほとんど変わらぬまま、天地だけが奥へいくほど急に狭くなっていた。まるで、重ね合わせた板の上側の一枚を、端のほうだけ浮き上がらせたような格好になっている。

意行が委細構わず一番奥の細いところを体を横にしながらようやく越えると、そこは広い空洞になっていた。手の松明を翳しても、奥も天井も光が闇に呑み込まれて先は見えなかった。

「これは……」

意行の後から狭まりの奥へと入り込んだ福原が、松明を手に周囲を見回しながら絶句している。最後に続いた井上は、無言のままだった。

意行は、同行する二人を振り返った。福原はただ驚愕している。井上も驚きのあまり言葉が出ないのかと思っていたが、予想に反して落ち着いた表情で見返してきた。

——肝が据わっているのか。それとも何か、我の知らぬ魂胆を隠しているのか。

意行は、二人とは初対面である。どのような人物なのか量りかねている上に、井上の沈着冷静ぶりが却って気になった。

しかし、だからといって今さら同行者を選び直すわけにはいかない。ここまでくれば、久通の人選を信じて先へ進むしかなかった。

「行くぞ」

意行の言葉に井上は小さく頷いたが、福原のほうは目を剝いて見返してきた。

「お待ちくだされ。ここは、いかにも奇妙にござりますぞ――何より、頭上を覆う土の天井が見えぬことが不審にござります。

我らは、あの裂け目より穴の中へ入って、まだいくらも進んでおらぬはず。急な坂を下った憶えもござりませぬ。なのに、この天井の高さはいかがしたことでございましょうや。これほど高くば、地面を突き抜けて空が見えるはずではござりませぬか」

言われてみれば、まさにそのとおりであった。

しかし、だからといって引き返そうという気持ちにはならない。むしろ、浅間大明神のお住まいなのかどうかは不明ながら、自分たちは何もないただの穴に潜り込んだのではなく、目指す不思議な場所を探りにいくのだということが明らかになった。

ただ、身の引き締まるものを覚えている。己の不用意な行為が、ご主君を危うくすることだけはないようにと、もう一度自分に言い聞かせた。

「福原どの。我らは、かような場所へ入っていくべく、この場にあるのではござらぬか」

己でも驚くほどに、落ち着いた問い掛けが口から出てきた。「なれど」と逡巡する福原へ、言葉を重ねる。

「それがしと行動をともにはできぬと申すなら、引き返してもろうて結構。それがしは、望まぬ者を無理に引きずっていくつもりはござらぬゆえ」

突き放された福原の顔には、迷いが表れていた。理性は、「戻るべき」と訴えている。しかし、この場から引き返せば臆したと非難されようし、何より自分で応じた下命に反するという後ろめたさが、背を向けるのを躊躇わせていた。

福原は決めきれぬままに井上を見た。

福原の様子を眺めていた井上は、視線が自分へ向くと、足を一歩踏み出した。それは大きく広がる闇の側、意行が行こうとしている方向だった。

諦めた福原は、溜息をついた。さすがに己単独で戻る度胸はなかった。それでも、前方への不安から問うことはやめられない。

「判り申した、従いましょう――なれど、これだけ広い闇の中、どちらへ向かうべきか見当はついておられるので？」

問われた意行は、即座に答えた。自身で思っているよりも、ずっと確信ありげな声が自分の耳にも届いた。

「奥へ顔を向けてみられよ。風を感じるであろう――なればこの闇は、そちらの方角でいずこかへ通じているということ。そうではござらぬか」

福原から、返答はなかった。しかし、足を前に踏み出したのを見れば、反論を諦めたことが判る。意行も前を向き、自ら示した進むべき方角へと歩み出した。


一行は、誰も言葉を発することなく黙々と歩いた。足元は、わずかな起伏はあったが歩きづらいというほどではなく、なにより滑ることのないしっかりと踏ん張れる地面なのが有り難かった。

久通の命を受けた後、ここへ来る前に『吾妻鏡』を所有している人物を何とか見つけ、借り受けて目を通してみた。仁田は、久通が話した大きな流れに到達する前にも、蝙蝠（こうもり）の大群に遭遇するなどしていたようだ。

しかし、蝙蝠が飛び回っている気配もなく、大きな流れどころか水が滴（したた）ってくるような場所にも行き合わずに、三人はどこまでも広がる闇の中を歩き続けた。

――四年前に吉宗様がご覧になった得体の知れぬ生き物というのが、今現れたなら我らはどうなるであろうか。

ふと、そのような考えが頭をよぎる。

――目だけで洗顔に使うたらいほどの大きさがあるなれば、我らなどひと呑みにされてしまうであろう。

周囲を探るふりをして、自分にやや遅れて歩く二人の顔を盗み見る。それぞれの持つ松明に照らされた顔には、闇がいつまで続くのかという困惑や、この先で何が待っているのかという不安は見て取れたが、特定の何かが出てくることへの恐れは抱いていないように思えた。

――してみると、加納様はさほど詳しい話を二人にはしておらぬのか。

漠とした不安だけで福原が先へ進むのを躊躇ったことを思えば、頷ける判断だった。

意行とて、二人を無用に怖がらせるような話をするつもりはない。ここまで来てしまったからには、今さら二手に分かれることなどできるものではなかった。なれば、仲間割れの因になりそうなことを、わざわざ持ち出すなど烏滸の沙汰でしかないのだ。

そう考えて意行も口を噤み、ときおり前方を気にする以外は、主に足元に気をつけながら、ひたすら歩くことだけに専念した。

そうやって、どれだけ先へ進んだろうか。周囲に目印となる物があるわけでもなく、振り返ったとてただ闇が広がるばかりでは、自分らがどれほど歩いたのか測る手段はなかった。

　不確かなのは、道のりばかりではない。陽の傾きも星や月の運行も見えず、周囲の変化が全くない中では、自分らが歩き始めてからどれだけときが経ったのかも、すでに曖昧模糊（あいまいもこ）としていた。

　それでも、三人は前へ進むしかなかった。今さら戻るより、先に進んだほうが出口はずっと近いかもしれない。さらには、これから道を引き返そうとしても、もう自分らが入り込んだあの斜面の裂け目に辿（たど）り着ける自信が誰にもないことは、互いに訊き合って確かめるまでもなく明らかなことだったからだ。

　意行が井上に名を呼ばれたのは、ただ足を動かすことだけが己の仕事になってしまい、自分たちがどこにいるのか、今何刻（なんどき）なのか、全く判らなくなりかけたころだった。

　足下から視線を上げた意行に、井上は無言で自分が手にする松明を掲げてみせた。

　意行も、意行と同じように立ち止まって井上の仕草を眺める福原も、しばらくは同行者の意図が判らずに困惑していた――ようやく言いたいことに気づくと、慌てて視線を自分が手にしている明かりへ転じる。

　松明は、三人が誰も気づかぬうちに、いつの間にか消えていた。

「これは……」

茫然とした福原が声を漏らす。

意行ら三人は、地中の闇の中を、手にする明かりが消えたことにも気づかぬままに、なんら不自由なく歩いてきたことになる。

――闇に、目が慣れたのか。

思ったのは一瞬で、すぐに考えを打ち消した。星明かりぐらいあるならばまだしも、土の下の全くの闇の中で、どこからも光が射し込んでこぬのにものが見えるはずはなかった。

――では、いまのこの視界は……。

考えても、答えが出ることではなさそうだ。地上で見た斜面の高さより、穴に入り込んで見上げた闇の上方が遥かに高かったことと、同じ不思議が起こっていると割り切るしかない。

――やはり、ここは吉宗様が関心を向けられた場所に相違なし。

心を確かに持って、前に進むだけだ。

福原はいまだ衝撃が醒めやらぬようだが、井上は肝が据わっているのか、はたまた鈍いだけなのか、自分が知覚している不思議よりも探索の便不便という現実のほうがずっと重要らしかった。

「消えたなれば、もう要りますまいか」

手にしたままの松明のことだ。穴に入るにあたり、体の自由を確保するため荷は最低限に絞っていた。なれば、使わなくなった物は捨てていこうかと問うたのだ。

「いや、いつまでもこのままとは限るまい——それにこのような物でも、不測の際には身を守る道具になろうゆえな」

周囲の明るみが消えて本当の闇になったときに、果たして手探りで松明を点すことなどできようかと自分でも疑念をもったことが、言葉を付け足した理由だった。しかしながら、口に出してみるとそれなりに正しい考えだったようだ。

三人とも腰に刀を差してはいるものの、不意に何かあったときに抜くとなれば、やはり対応は一拍遅れる。かといって、抜き身を手に足元も定かでない場所で集団行動するなど、同行者だけでなく自分の身も傷つけかねない愚行であった。

井上は意行の答えに納得し、他の二人より先に歩行を再開した。意行と福原は、警固役に守られながらその背に続いた。

四

果てしのない闇の中の行軍は、いつまでも続いていくようだった。ここまで来てしまえば、福原も慎重論を唱える無益には気づいており、もはや疑念も不満も口にはしなくなっていた。

まだ出口には到達せぬか、何か変わった様子はないかと、明かりや音には敏感になっていた三人だったが、変化は思いも掛けない形で起こった。突然、ぐらりと地が傾いだのである。

「！」

「また、地震か」

三人ともに不安を顔に浮かべたまま、足を踏ん張った。地上ならば周囲の様子を気にしたであろうが、三人が真っ先に気に掛けたのは自分らの頭の上だった。

もし落盤でもあれば命はない。また、たとえ自分たちの真上ではなくとも、崩落が起きて出口につながる道が塞がれてしまえば、地中にいる三人の命運は極まってしまうのだった。

しばらくして揺れが収まった後も、三人はじっと立ち止まったまま周囲の気配を探ることをやめなかった。

——どこかで天井や足元の土が崩れる音が、聞こえてきはしまいか。崩れた土の裂け目から水が溢れ出し、我らに襲い掛かってきはしまいか。

懼れを心に抱きながらじっと耳を澄ましていたが、どうやら自分らに危機が迫るような異変は起こっていないように思えた。

「先日の大地震の、揺り返しでござりましょうかな」

「ここしばらくなかったゆえ、油断しておった」

ほっとした福原と意行が言い合った。井上が、「方々（かたがた）」と呼び掛けてくる。

「一度で済むとも、小さな揺れのみとも限りませぬ。少し、急ぎませぬか」

「そのとおりであるな。さ、先へ進もうか」

意行が同意し、足を踏み出した。福原にも、異論のあるはずがなかった。

そしてまた、一行はしばらく黙々と歩き続けた。地中で地震に揺すぶられる恐怖に足は早まったが、それでもぼんやりと明るいだけの闇の中である。足早になるといっても、限界はあった。

先ほど感じた突然の揺れから、まるで思い出したかのように地震がたびたび起こるようになった。そのうちの一部は、驚いた三人が揺れに敏感になったことで、今まで気づいていなかったものを感知するようになっただけかもしれない。しかしいずれにせよ、先ほどの揺れをきっかけのようにして、地震が頻発し始めたことは確かだった。

三人は、たびたび感ずる足元の揺れに急き立てられるように、己の足を前へ前へと進めていった。

——まるで、我らが何かに近づいているために揺れが起こっているような。

ただ足を進めることだけに専念していた意行の頭に、ふとそんな考えが浮かんだ。自分たちが歩くときに生ずる微かな振動が向かう先に伝わり、増幅されて地を揺らしている光景が頭の中に描かれる。

——いや、それとは違う何かではあるまいか。

脈絡もなく、また別な考えが浮かんできた。

——この暗闇の奥に、吉宗様がご覧になった生き物が息づいているのではないか。

その生き物はあまりに大きいため、呼吸のたびに周囲を震わせてしまう。我らは、その生き物にだんだんと近づいているから、生き物の息づかいによる震動を、体に感じるようになってきたのではないか。

だとすれば、これより先へ進めば進むほど、揺れは大きくなってくるはず……。

意行はわずかに頭を振って、ただの妄想に違いない考えを振り払った。今の己の考えには、何の根拠もない。にもかかわらずこのようなことを頭の中に思い浮かべてしまうのは、自分が先々に待ち受けているものを懼れているからだった。

──吉宗様がご覧になった生き物がいるなれば、よいことではないか。我は、それが何かを知るために、このような暗闇の中へと踏み込んできたのであろう。

自分を、そう叱咤した。

──もし、本当にそのような生き物がいたなら、自分たちは歓迎されようか。

歓迎などされるはずもあるまい。吉宗様と目が合ったとき、その生き物は、まるで虫けらでも見るように、吉宗様に関心を向けることなく去っていったということだった。なれば、期待できるのはせいぜいが、四年前の吉宗様がされたように、関心を向けられずに済むかどうかという程度だ。

──それすらも、まず無理であろうな。

狐や狸であれ、熊であれ、人と遭遇すれば逃げ出し、あるいは襲い掛かってくる。この地中の生き物だけが、見ず知らずの我らがそばに来ても敵意を向けないなどと考えるのは間違っていた。

　ましてや、自分たちはその生き物の住処へ勝手に足を踏み入れようとしているのだ。怒りの反撃を受けたとしても、当然のことと覚悟すべきだった。

　不意に、自分たちがろくな支度をしてこなかったという事実に気づいた。先の様子も判らぬ穴の中を進んでいくことを優先したため、身を守るために使える物は、腰の大小以外には、今手にしている火の点いていない松明が棍棒代わりになろうかというだけだ。

　弓も鉄砲もないのでは、熊を相手にしたとて勝てるとは思えなかった。ましてや、これから相見えるかもしれないのは、吉宗様が「熊より大きい」と仰せになった得体の知れぬ生き物なのだ。自分の領域を侵害された怒りにまかせて懸かってこられたときには、三人まとめてひと呑みにされるだけかもしれなかった。

　――それでも、今さら退くわけにはいかぬ。

　逃げ戻ったと報告するわけにはいかないという以上に、ここから引き返して自分たちが入り込んだ飯盛山の穴に辿り着ける自信がない。

　――なれば、もしその生き物に出会うたとしても、なるようになるまで。

　そう、肚を決め直した。

地面は、ときおり思い出したように揺れることを繰り返している。その揺れは大きかったり小さかったり様々だが、意行が不安に思ったような、前に進むにつれて揺れが強くなったり間隔が短くなったりはしていないようだった。

己のとりとめもない考えがどうやら間違っていたのではと半ば安堵しかけたとき、井上が不意に声を上げた。

「前方に、明かりが見えますぞ」

意行ははっとして、もっぱら足元に向けていた視線を上げ、自身の前に広がる闇へ目を凝らした。やはり闇は闇のままだが、言われてみると、どこか明るみが感じられるような気もした。

自分の隣で、福原が急に足を早めた。それはまるで、水の中に落ちて上下左右も判らなくなっていた者がようやく水面を見つけて、「息をせん」と浮かび上がろうとしているかのようだった。

ずっと暗いところに居続けさせられたために、気が変になりかけていたのかもしれない。福原には、前方の明るみはそこに出口があることの証だとしか思えなくなっていたようだ。

「福原殿、何があるか判り申さぬ。お気をつけなされ」

自制を求めた意行を一瞬振り返ったが、福原は二人より先行しようとする態度を改めなかった。

やむをえず、意行と井上も足早になった。福原に遅れまいとするが、先の明るみに対する警戒も怠れないため、その背に追いつくには至らない。

三人の足は小走りに近いほどまで早まったが、それでも先に何があるのか、いや、その前に三人が感じている明るさは実際のものなのか、容易に判明してこなかった。

闇の中ではあり得ぬほどの早足は続く。ようやく、ずっと先の方に微かにあるかと感じていた光が、自分らの周囲にも届き始めたようである。

すると、今までただの真っ暗闇だった周囲の様子も、少しずつ明らかになってきた。

自分たちは、どこまで行っても何にも行き当たらない広大な闇の中を進んできた気になっていたが、左右数間先は壁になっていて、頭上も思っていたより低い位置で天井が覆い被さっている。自分たちはどうやら、とてつもなく大きな穴の中を、なぜか側壁に突き当たることもなく穴が開いている方向へ進んできたようだった。

——何も見えないような暗闇の中で、そんなことのあるはずがない。

普段の意行ならば、そうした疑問を必ず覚えていたはずだ。しかし、穴に入り込んでからの三人はもっとずっと奇妙なことにいくつも遭遇しており、この程度の些細な不思議には鈍感になっていたのかもしれなかった。

さらには、地中の闇の中をずっと進んでいるうちに、次第に大きくなっていく圧迫感は、三人の誰もが感じていたことだ。「ようやく出口に行き当たった！」という希望が、多少の違和感など簡単に吹き飛ばしてしまってもいた。

ともかく、前方に光が見えるのは確実になってきた。自分の周囲だけがなぜかぼんやりと見える闇の中を、前方の微かな光を頼りに歩み寄っていくと、どうやら穴は前方へ行くに従い急にすぼまっていくとともに、左のほうへ曲がり込んでいるようだった。

——この割合で狭まっていくと、曲がり角の向こう側では、すぐに人が通れぬほど細くなってしまっているのではないか。

三人の足をさらに早めさせたのは、そんな不安だったかもしれない。掘り広げることなど考えられもしない硬い岩に開いた、掌（てのひら）ほどの小さな穴の向こうに、光溢れる外の世界が広がっているという悪夢が皆の頭に浮かんでいた。

三人は、我先に穴が曲がる先へと回り込んだ。もはや、人が二人横に並べないほど穴は狭くなっていたので追い抜くことはできず、福原が先頭を保っていた。

「これは……」

曲がり込んですぐに、そう呟いた福原が立ち止まったため、突き当たりそうになった意行は身をくねらせて何とか隣に立つことができた——そう、穴は案に相違して、曲がった先でまた広がりを見せ始めていたのだ。

目の前に現れた光景に、意行も驚きのあまり立ち止まってしまった。それは、意行の隣に遅れて並んだ井上も同様だった。

並んで立つ三人の顔を照らしているのは、外の陽光ではなかった。曲がった先の穴はまた広がってはいたが、さほど奥行きのない行き止まりになっている。

そして、三人が見つめる正面の壁を構成する岩自体が、黄金色(こがねいろ)の光を放っているのだ。

「これは、金(きん)？」

もしそうならば、途方もない量だと思えた。なにしろ、三人が相対している壁の全面が光っているのだ。そして、なぜかは不明ながら、その光る層は塗膜のような薄いものではなく、かなりの厚みがあると三人には知覚できていたのだった。

思わず福原に同意しそうになった意行だったが、まだいくばくかは理性が働いていた。

「いや、そうではなかろう――見よ、この壁は自ら光を発しておる。金は美しく耀くにせよ、闇の中で自ら光を放つことはない。これは、我らが知る金などではあるまいて」

福原は自分の言を否定した意行へ視線を移したが、何も反論することはなかった。また、惹きつけられるように目を正面へと戻す。これまで自分たちのやっていることに一番疑念と不安を覚えていた男が、今は目の前の光に見とれて恍惚としていた。

「行くぞ。他に進める道はないか、少し戻ってみようぞ」

気を取り直した意行が、同行の二人に呼び掛けた。

井上は無言のまま同意する素振りを見せたが、福原は体を正面に向けたまま顔だけで振り返った。

「これを、このままにしていくおつもりか」

「金などではないと申したはず――よいか、行き止まりに突き当たってしまったことで、我らは道を失いかけておる。余計なことに、かかずらわっている暇などはあるまい」

辛抱強く道理を説かれて、福原も不承不承ながら得心した様子だった。名残惜しそうにのろのろとではあるが、光る壁に背を向ける。

「では、参ろう」

福原の未練を断ち切るためにも、強い口調で意行は号令を掛けた。そのまま、率先して戻りの道を歩き出す。すぐに井上が続き、福原もゆっくりと一歩を踏み出した。

「福原殿！」

先頭に立った意行が洞穴の曲がり角を回り込んだとき、背後から井上の声が届いた。舌打ちしたくなる気持ちを抑えて道を返すと、自分たちに続いたはずの福原が袋小路の中に戻っていた――いや、先ほどよりも光る壁面のずっとそばまで近づいている。

福原の手許が光を反射したことで、抜いた脇差がその手に握られていると判った。

「福原殿、何をするつもりか」

意行が鋭い叱声(しっせい)を発しても、福原は振り返ろうともしなかった。

「お殿様のすぐ間近にお仕えしておるお方には判りますまいな。我ら在方の小役人が、いかに貧しい暮らしをしておるかなどということは」

「何を申しておる。お役目の途中ぞ」

「福原殿っ」

二人掛かりで再度制止したにもかかわらず、福原はその場を動こうとはしなかった。

足を踏み出しかけた意行は、福原の様子を見て思い留まった。

――近づこうとすれば、こちらの手が届く前にあ奴は動いてしまう……。

目を向ける余裕はないものの、井上も自分と同じ判断で踏み留まっているのであろう。

意行は落ち着いた声音（こわね）に聞こえるよう努めながら、福原を説き伏せようとした。

「福原っ、それは金などではないぞ」

己の思いのみに囚（とら）われて、こちらの言うことなど聞こえていないように見える福原だったが、応えは返してきた。

「そなた様は小姓、鉱物のことは判りますまい。なれば手前は、持って帰れる分だけでも持って帰ります。これがもし金なれば、我が暮らしはずいぶんと楽になりますゆえ」

福原も、常のお役目の途中であれば、このようなことに手出しはしなかったはずだ。地中に踏み入るという異常な状況と、その結果味わわされた数々の奇妙な体験が、福原の心を蝕（むしば）み歪（ゆが）めていたのかもしれなかった。

何がきっかけであったのか、福原は脇差を持った右手を不意に振り上げた。

「やめよっ」

意行は、絶叫に近い声を出した。何かは判らぬが、福原がやろうとしていることで大きな災厄が生ずるという確信があった。

しかし、福原は止まらなかった。いつの間にか逆手に持ち直した脇差を、鍔元まで突き通れというほど強く一気に突き立てた。

五

福原の脇差が、耀く壁へ実際に突き刺さったのかどうかは判らない。もしそれが金の塊であったとしたなら、わずかに傷つけるぐらいが関の山だったであろう。

しかし、意行には結果がどうなったのか見届けることはできなかった。

ドン、と体ごと押し潰されそうなほど大きな音がしたかと思うと、意行は撥ね飛ばされていた。何かにぶつかって飛ばされたのではなく、それほど大きく地面が揺れたのだ。

揺れは、一度では収まらなかった——いや、突然襲ってきたとてつもなく大きな揺れは、やむことなくいつまでもいつまでも続いた。

周囲には、ガンガンともゴンゴンとも表現のしようのない大音響が響き渡っている。意行には己を顧みる余裕もなかったが、おそらく自分の耳に達していたのは周囲の轟音ばかりでなく、自分で上げる喚き声も相当に大きなものがあったはずだ。

意行は、まるででんでん太鼓につけられた小さな玉のように振り回され、地面といわず壁や天井といわず至るところに叩きつけられた。

思いもせぬ方向へ絶えず振り回され続けている上、壁や天井が崩れかけているのであろう、濃密な土埃（つちぼこり）も舞っていて、ものを見ることは全くできなかった。福原や井上がどうなったのかも判らなかったが、そんなことを案じる余裕すら奪われた状態で、ただ振り回されるまま身を任せるしかなかった。

後で思い返すと、地面が陥没し、そしてすぐに隆起していたのかもしれない。ともかく意行は、揺さぶられながらどこかへ運ばれていたようだ。途中で気を失ったようなこともあったのかもしれないが、当人は長い長い揺れをずっと感じていた。

――陽の光？

いつの間にか揺れの収まった大地に横たわっていた意行は、自分の周囲を覆っていた土埃が薄れていくとともに、頭上からこれまでよりもずっと強い光が射すのを感じていた。

目の前にあった土煙が、濃淡をもつ塊となって側方へと流されていく。

――風も吹いている……。

洞穴の中を吹き抜ける微風ではなく、大地を渡ってゆく茫々たる大気の動きのように思えた。

膝も両手も地につけたまま、意行は顔だけを上げて己の前に広がる景色を茫然と見ていた。

視界の中では陽光が燦々と降り注ぎ、緑に覆われた大地が広がっている。つい半刻(約一時間)か一刻ほど前に目にしたのと変わらぬありきたりな景色は、今の意行にとってとてつもなくかけがえのないものに思えた。

大きく、息をする。地中で吸ったものとは、全く違った新鮮さを覚えた――が、心のどこかがわずかな違和を訴えてきた。

それが何か思いつく前に、空から降ってきて地面で音を立て、さらに弾んで体に当たったものがあった。

――雨、いや、雹か。

自分に当たったときの硬さと地面を転がる気配から、そう思い直した。しかし、目を手許へ落とすと、降ってきたものに氷の白さはなく、黒くくすんだ灰色をしていた。

特段の考えもなく、手に取ってみる。手に触れた塊は冷たさを感じさせず、手の中で溶けることもなく、砂や石と同じような硬質さを指先に伝えてきた。

——これは。

一瞬、自分はまだ洞穴の中にいるのではないかという不安に襲われた。落ちてきた岩の塊に押し潰され、あるいは土埃に息が詰まって命が喪われる瞬間、願望が夢となって脳裏に映されたのではないかと思ったのだ。

「そこにおられたか」

突如聞こえてきた声は、空耳ではなかった。四つん這い（よつんば）に近い格好のまま上体だけで振り返ると、ゆっくりとではあるが確かな足取りでこちらへ近づいてくる井上の姿が目に入った。

井上は顔も着ている物も土埃にまみれていて、泥人形のような姿をしていた。声や背格好から判断しないと誰か判らぬほどだったが、降ってきた小石を先ほど拾った折の、手許の有り様を思い起こすまでもなく、自分も同じように土まみれであろうことは明らかだった。

救（たす）かったのが自分だけではないと知って、意行の胸に喜びが湧いた。が、井上の周囲に視線を走らせても、あるべきもう一人の姿が見当たらない。

「福原殿は」

ようやく体ごと向き直った意行の問い掛けに、井上は「いや」と首を振った。

「気づいたときには、このようなところへ放り出されておりました。辺りを見回して、ようやくそなた様のお姿を見つけたところにござる」

井上の返事を聞くやいなや、意行は急いで立ち上がった。あれほどいろいろなところへ体をぶつけたのに、どこも痛めているところはないようだった。

が、そんなことを考えているときではない。周囲に見憶えのある姿が見つからないか、意行は何度も視線を走らせた。

どうやら自分たちは、背の低い草しか生えていない、小高い丘の上にいるようだった。見晴らしは、結構遠くまで利く――しかし、人はおろか、鳥一羽の姿も見つけることができなかった。

「福原殿があの壁面に刃を突き立てた後、どうなったか見たか」

いまだ視線を周囲に走らせたまま、隣に立った井上に訊いた。

「いえ、すぐに大きな揺れが来て、後は何も判らぬままに、気づけばこのようなところで臥せっていたという次第です。しかし、そんなことより――」

何かを言い掛けた井上の言葉が遮られた。

――同行者の安否より大事なことがあるものか。

怒りが湧きかけたが、それも途中で尻切れ蜻蛉になってしまった。

また大地が、ぐらりと揺れたのだ。そしてすぐ後を追うように、ドン、という轟音が天に響き渡った。

言葉を途切れさせた井上と考えを中断させられた意行の目が、音のした方角へ向けられる——先ほど意行が福原の姿を探したときに視線を巡らせたよりも上、大地からなだらかに盛り上がる山の頂(いただき)のいくらか下から、濛々(もうもう)とした煙が湧き上がっていた。

「福原殿どころではござりませぬ。このようなところにいたのでは、いつ巻き込まれるかも判りませぬぞ。さあ、あの方のことは諦めて、退避しましょうぞ」

「しかし——」

「そなた様には、生きて帰ってご報告を行う責務があるのではござりませぬか」

ただ無口なだけだと思っていた男に厳しく諫められて、意行も福原を見つけ出すのを諦めた。井上は、勝手な行動をした時点で山家同心小頭のことをすでに見限っていたのかもしれないが、警固役というこの男の役目を思えば、それも仕方のないことだった。

井上の言葉に従おうとして、意行はふと動きを止めた。

「さあ、参りますぞ」

急かす井上に顔を向ける。

「待て。そなた、ここがどこか判っておるのか」

「どこかというても——」

宰領者の悠長なもの言いに、さすがに苛つきを隠せなかった井上だったが、「いずれにせよ飯盛山のちかくにございましょう」と言い掛けて、そうではなさそうな周囲の景色にようやく気づいた。

飯盛山は川沿いに隆起した小高い場所で、周囲にはそれほど高い山はない。あるのは陣ヶ峰や水ヶ峰、白口峰など紀伊山地の山々だが、背を向けようとした白煙を上げる山をはじめとする目の前の連なりは、それよりずっと標高が高いと思われた。

——では、自分らはいったいどこにおるのか。

飯盛山から一刻やそこいら歩いたとて、そうそう遠くへ行けるわけもない。ましてや自分らは、洞穴の闇の中を足元を気にしながら進んでいたのだ。旅をするときの早足には、とうてい及ばない程度の道のりしか進めていないはずだった。

——いつもとは違う、見慣れぬ方角から山々を見ているために、見知らぬ土地に来たような気がしているのか。

それでも、自分の居る場所の見当が全くつかないというのは異様だった。何より、見る方角が変わったとしても視線の先の山の高さが変わるはずもない。

「今は危急のとき。ここがどこでもようございましょう。ともかく、あの山焼け（噴火）から逃げるのが先決にござります」

井上の言うことはもっともであり、意行はその言に従おうとした。が、何かは判らぬが、どこか引っ掛かるものを覚える。

噴煙を背に歩き出した井上に続こうとして、最後にもう一度だけ山焼けをしているほうへ目をやった。

「！」

意行は、突然あることに気づいて息を呑んだ。

――自分は、あの山に見憶えがある。これほど間近で見たことはなかったし、無論山焼けなどはしていなかったが、あれはまさか……。

自分の生まれ育った紀州の山ではなかった。小姓としてご主君に付き従い江戸へ出た往き帰り、その美しい姿に見惚れた憶えがある。

「何をしておられる」

井上から再度苛ついた声を浴びせられても、動くことができなかった。思わず、声が口を突いて出た。

「あれは、霊峰、富士……」

六

　道も不案内な土地で山の中を行くのは困難を極めたが、それでも井上の才覚で何とか人家に辿り着いた。とはいえそこの住人はもう逃げ出した後なのか、家には人影がなく取り残された犬だけが吠え騒いでいた。

　勝手に敷地へ入り込んで樋から引かれた水で喉を潤し、ついでに手や顔を洗って、すぐにまた歩き出した。

　山からは相変わらず不気味な轟音が聞こえてくるし、ときおり焼け砂（火山灰）のような物も降ってくる。地面の揺れを感じることも続いていた。

　変化はあるかと振り返ったが、吐き出された煙の量が増えたためか、遠ざかることで却って煙に視界を遮られるようになったのか、山が霞んで様子はよく判らなくなっていた。

　困ったのは、だんだんと空が暗くなってきたことだ。それほど厚い雲がかかったのか、はたまた夜が近づいているのかも不明であった。

　幸いであったのは、山道を進んでいる最中に猟師と出会ったことだ。猟師は、山の異変に猟を諦めて麓へ降りる途中だと言う。侍の格好が役に立ったのであろう、同道を望むと、道案内を引き受けてくれた。

「ここは、どの辺りになる」

歩きながら問い掛けてきた意行のほうをちらりと見た後、答えを返してきた。土埃にまみれた二人の服装を見て、「噴煙から命からがら逃げてきたため道に迷ったのだ」と考えてくれたようだ。

「大宮口（富士山の表口登山道）の東だら。大宮口に出てこのまま下ってけば、富士宮に出るやぁ」

井上は言葉には出さなかったが、猟師の返事の中にあった富士宮という地名に驚いたようだった。ただし、猟師の訛りが聞き憶えのないものであったため、どこかおかしいことには最前から気づいていたようだ。

ふと思いついた意行は、訊かれた相手からすれば突拍子もない問いを口にした。

「ところで、今日はいく日だったかな」

正気かという目が二対、自分を見返してきたが、意行は平然とした顔を装って歩み続けた。

「……いく日って、霜月の二十三日だに」

今度こそ、井上の足が止まった。猟師の言っていることが本当だとすれば、意行ら一行が飯盛山の地の裂け目に身を乗り入れてから、十日以上も過ぎたことになる。井上は、口を半開きに開けたまま何かを言おうとした。

意行は、歩みを止めずに顔だけ振り向いて井上を睨む。自分らが知らぬ間に紀州から駿河(するが)の山の中まで来てしまったのであれば、十日かかっていてもおかしくはなかった。

その間、まともに飲み食いしていないのに、こうやって普通に山下りができているのは確かに奇妙すぎる出来事ではあったが、今日一日――とはいえ、意行や井上の感覚での一日のことだが、その今日一日で、奇っ怪にも不思議にもうんざりするほど出くわしており、今さらこの程度では大声を上げる気にもならなかった。

意行に睨まれて、井上は我を取り戻し、また足を動かし始めた。

――ともかく、故国(くに)に辿り着いてご報告をすることが何よりの大事。

退避を始める前、井上自身が意行へ語ったことである。意行の心中を咄嗟(とっさ)に察し、その考えに従おうと改めて肝に銘じたようだった。

案内を買って出た猟師は、二人の間で交わされた無言のやり取りに気づいたはずだが、「侍の事情なんぞに巻き込まれぬが無難」と考えたのか、ただ黙って先導するだけだった。

猟師の案内を受けた二人が富士宮に着くころには、空は新月の夜のように暗くなってきた。猟師によれば、まだ夕刻には間があるというのにである。

その晩、二人は富士宮に泊まったが、夜になっても轟音や揺れは収まるどころか、頻度(ひんど)も強さも増しているようだった。人々の騒ぎが聞こえたので外へ出てみると、黒々とした雲に覆われる富士のお山のほうに、内側から発した赤い光で雲の一部が明るんでいるのが見えた。そして山々を取り巻く黒雲の中では、絶え間なく稲光(いなびかり)が発せられていた。

翌朝。この先、雲がとれて陽が出るかどうかも判らぬままに、二人は提灯(ちょうちん)と替えの蠟燭(ろうそく)を求めた上で富士宮を出立(しゅったつ)した。穴に入った後は何があるか判らぬため、銭の用意も十二分にしていたことが役に立った。

穴から放り出されたときに大刀を失っていた意行に対し、井上が自分の差料(さしりょう)を貸してくれた。ここからは護衛の腕よりも、意行の身分のほうがずっと威力を発揮するはずというのが、井上の言い分だった。埃まみれでみすぼらしい自分たちにとっては、少しでもそれらしい体裁(ていさい)に近づけておく必要があったということだ。

東海道まで出てしまうと、そこからの旅程はずいぶんと楽になった。富士の噴煙はどうやら主に東のほうへ流れているようで、山から離れるごとに次第に視界が開け、道に積もる灰も少なくなって歩きやすくなってきた。

そして何よりも、井上が言ったとおり、「徳川御三家の一つである紀州家藩主の小姓」という意行の肩書きが、途端に効力を発揮してきたことが大きかった。「藩主吉宗公の命により、富士山本宮浅間大社に玉串を奉納した帰り、かような災難に遭った」という意行の説明はどこでも真に受けられ、同情を買ったのだ。

それでも、紀州和歌山城下に辿り着いたのは、師走（旧暦十二月）の声を聞くようになってからだった。城下に現れた意行を、加納久通は驚きの表情をもって迎えた。

飯盛山の洞穴探索に向かった三人の行方知れずは当日の夜のうちには久通のところまで伝わり、翌日陽が昇ってすぐ捜索の手勢が出されたのだが、意行らが穴に入ったと思われる辺りに松明を焚くのに使ったらしいわずかな痕跡が残るほかは、何も見当たらなかった――そう、三人が入ったはずの大地の裂け目まできれいに消えていたため、捜索の面々は虚しく引き返すよりなかったのである。

以来、十日以上が過ぎても何の消息もない三人は、もはや喪われたものと諦められていた。そこへ、意行と井上の二人が戻ってきたのだ。

意行から報告を受けた久通は、「体の回復」を理由にしばらく二人を己の屋敷に置いたままにした。意行にすれば、これは体のいい軟禁に思えた。

意行の報告を信ずるならば、殿様の意を受けた三人は、富士を噴火させ周辺に多くの被害をもたらしたことになるのだ。

なお、このときの災害は「宝永の富士山大噴火」として後世まで記録に残ることとなる。噴石や溶岩、火砕流による直接の死者はさほど記録には残っていないが、火山灰がその後長期間、甚大な被害をもたらした。

まずは川に降り積もり、あるいは流入した火山灰によって流れがせき止められ、それが一気に決壊することによって多くの人や家屋が水流に呑み込まれた。川底に沈殿した灰は富士川などの保水量を激減させ、その後もたび重なる水害を起こしている。田畑が厚さ数メートルもの灰に覆われた土地では住民による自力復興はとうてい叶わず、暮らしが元に戻るまでに数十年の歳月を要したところも少なくなかった。

意行は、工まずして甲州や駿河の地に災害をもたらしてしまった紀州藩の行為を隠蔽するために、自分と井上は生きて久通の屋敷を出られないのではという覚悟も定めた。

しかし、暮れも押し詰まる前には何ごともなく自宅に帰され、小姓としての仕事の復帰もあっさりと認められた。洞穴を探りに行く前には久通を通じて「御用役番頭より表にできぬ任務を拝命した」ということが同僚に報されていたことから、職務に復帰後、当時の仕事の中身やその結果について、知りたがる者は現れなかった。

意行自身も、自分が体験した不可思議な出来事を、人に語ることはいっさいなかった。久通が自分で言ったとおり、あれが「お殿様の意向を勝手に慮った久通の独断」だったのか、それとも実際には吉宗様からはっきり指示を受けての下命だったのかは、結局意行には判らぬままに終わっている。

紀州藩主であった吉宗は、将軍家に継嗣がなかったために八代将軍に推戴された。このとき吉宗が紀州から引き連れた家臣はわずかであったが、その中には意行の名もあり、意行はそのまま将軍小姓として直参旗本に列することになった。

加納久通も無論のこと将軍に随伴した家臣の中に入っており、幕府では御側御用取次として老中すら一目置かせるだけの権勢を振るっている。幕臣となった久通はその後も加増を受け、最後には大名にまで成り上がった。

自分が飯盛山の洞穴で見聞したことを、久通が吉宗様に伝えたかどうか、意行は知らない。近侍し毎日のように顔を合わせる吉宗様からも、あの折の話が出ることは一度もなかった。

だから、久通の言った「お殿様が見ている高み」に吉宗様が到達なされたのか、行こうと思われた「ずっと先」に行き着けたのかも、意行には定かではない。

吉宗様が将軍になられるにあたっても、紀州藩主におなりになったとき同様、周囲には様々な変事があった。中でも特筆すべきは、御三家筆頭であり、八代将軍の座に最も近いと目されていた尾張藩において、当主が立て続けに二人も急逝なされたことだ。紀州藩主二人と隠居された前藩主の急死が重なったことで突如吉宗様が新藩主に奉られたことを重ね合わせて、「吉宗様は暗殺者を飼っている」という噂が流れたことも知っていた。

もしそうであるなら、吉宗様の将軍就任に伴い御庭番となったかつての薬込役の、紀州藩時代の宰領者であり、吉宗様ご幼少の砌より密接な関わりのあった加納久通こそが、おそらく暗殺の直接の指揮者ということになろう。

真相は、意行などが窺い知れるところではないが、ただの流言に過ぎないのではないかと意行は考えている。小姓として直接大名に仕えている経験上、紀州藩内ならばまだしも、尾張のご城内まで忍び込んで藩主の暗殺を立て続けに成功させるなど、とうていあり得るとは思えないからだ。

そんな噂よりも、ずっと心を煩わせ続ける屈託が、意行の心のうちにはあった。

――源頼家公の命により富士の人穴を探りに入った仁田忠常のため、二人とも不幸な死に方をした。

現実には、自分も、ご主君も、直接自分に命を下した久通も健在である。が、尾張の藩主二人が自分たちの身代わりになったような気がしてならないのだ。

どう考えればそのような筋立てになるのか、全く理屈には合っていない。さらには、意行が行動を起こすよりずっと前の出来事だった、紀州藩内での連続死がご主君を紀州藩主に押し上げたという事実とも符合しない、全くの妄想だと言えた。

それでも、意行は自分の行動と尾張藩主二人の死を分けて考えることができない。もしかすると、自分が生かされているのは、自分の死がご主君の死に連動することを恐れてではないかと想像することすらあった。

意行は己の屈託や惑いを、勤めに邁進することで忘れようとした。

——真相が何であれ、起こったことは起こったこと。今さら元に戻すことなど誰にもできはしない。

なれば、ご主君が目指す「高み」へ少しでも早く、少しでも近くまで到達できるよう、微力を尽くすことしか自分にできることはなかった。

あの地中の洞穴から自分と共に生還できた井上は、その後元の地士帯刀人に戻って勤めを続けた。もう一人の福原のほうは、あれ以来いっさい消息が知れることはなかった。

その後井上は、ご主君が将軍になられると決まったちょうど同じころ、まだ幼い子を残して病没している。ご主君とともに江戸に出ることになった意行は、井上の忘れ形見を手許に引き取り、自らの家臣としたのだった。

意行は、長年の精勤を認められ、最後には小納戸頭取にまで出世した。意行の子は吉宗の嫡男、九代将軍家重（いえしげ）の小姓を皮切りに順当に出世を重ね、大名となり老中の中でも実質上の首座というべき地位にまで登りつめた。この者こそ田沼主殿頭意次（たぬまとのものかみおきつぐ）である。

井上の子も田沼家の中で頭角を現し、意次にとって最も信頼のおける家臣となった。名を井上寛司（かんじ）といい、田沼家筆頭用人の地位に就いて表からも裏からも主を支えた。

意行と地士帯刀人であった井上実蔵は、富士の噴火より命からがら生還した後も交流があったようだ。二人ともに他人の前では決して口にしなくても、自分らが出くわした奇怪な体験についてはどうしても忘れることができなかったものと思われる。どちらが調べ、どちらが言い出したのか不明だが、最後には「自分たちが探りに入った洞穴は、龍穴（りゅうけつ）だったのではないか」という結論に達した。

父親たちの体験は、それぞれの嫡男だけに伝えられ、田沼家の秘事として二人の間だけで共有されることとなった。

※

霜月二十二日、富士が大山焼けを起こす前日の深夜。富士山からは東方の御厨（御殿場）にある浄光寺の住職は、寺の外が騒がしいのに気づいて目を醒ました。やたらと数の多い何かが、すぐ近くを通り過ぎているようなのだ。

住職は何ごとかと起き出し、そっと外の様子を覗いてみた。そこには、目を疑う光景が広がっていた。

熊も、鹿も猪も狼も、狐や狸も鼬も、栗鼠や鼠といった小動物まで——いや、よくよく見れば百足や蟻、蚯蚓、今ごろは冬眠しているはずの蛙や蜥蜴、蛇などまでが、ぞろぞろと東のほうへと歩み去っていくのだ。大小様々な生き物が入り混じって移動していくのに、嚙み合うこともなければ喰らわれるものもいなかった。

あまりの出来事に住職が身を隠すことも忘れて茫然と佇んでいるのに、生き物たちは恐れることも威嚇してくることもなく、整然と住職の前を歩み去っていく。

その行軍は二刻（約四時間）以上、夜が白み始めるまで続いた。里山での暮らしの長い住職でさえ、名も知らなければこれまで見たこともない生き物も、ずいぶんと混じっているようだった。

そうして、生き物たちの隊列もようやくまばらになり、途切れかけたころ、それは突然姿を顕（あらわ）した。

人のように二本の足で歩いているが身の丈は一丈（約三メートル）ほど、背中から二本の角が生え、体中に数えきれぬほど多数の目があった。そのうちのいくつかで睨まれた住職は、あまりの眼光の鋭さに、身動きひとつできなくなった。化け物のような巨大な存在は、やはり住職には構うことなく、両腕を広げ他の生き物たちを追い立てるようにしながら、東のほうへと去っていった。

陽が昇ってから集落へと足を向け、土地の古老に自分の目撃したことを話すと、

「それは富士のお山の主（ぬし）ではないか」という答えを得た。果たしてその日のうちに、富士のお山は大きな爆発音を上げ、噴煙を盛大に噴き出し始めた。

これは、『落穂雑談一言集（おちぼざつだんひとことしゅう）』という書物に、実際に記録された話である。

七

安永（あんえい）八年（一七七九）夏、榊半四郎（さかきはんしろう）が国を抜けて江戸へ出る二年前。

その日の神田橋様（かんだばしさま）——田沼意次は、将軍が大奥へ入ったためにいつもより早く自身

の上屋敷へ戻ることができていた。

着替えを済ませてようやく寛げるかと息をついた主の下へ、腹心の井上寛司だけが伺候してきた。

「何があった」

さりげなく人払いがなされたことへ、聡い神田橋様はすぐに気づく。続く井上の言上も、簡潔なものだった。

「本日、鳩渓が当屋敷を訪ねて参りました」

「ほう、珍しいのう」

神田橋様は、自分が座敷に入る直前に用意されたらしい茶を取り上げながら言った。発明（聡明）で無用な仕来りにこだわらない神田橋様は、自分が座に着く前に茶が用意されていたことを、「作法を知らない」と怒らず「手回しがよい」と褒めるようなご気性でいらっしゃる。

「確かに、ここしばらくは当家に顔を出してはおりませなんだからな」

井上は、そう応じた。

鳩渓、俗名平賀源内は、讃州の浪人者ながら様々な事績で人々を驚かせ、ここ田沼家上屋敷にも出入りするほどの有名人だった。しかしその鳩渓の活躍も翳りが見え始め、このごろは鳴かず飛ばずといった状況にあるらしい。

世話好きで人当たりがよいことを表看板にしている田沼家の主従であっても、市井の一浪人を注視しているような暇はないが、顔を見せないとなれば「景気のいい話がない」と考えるのが自然というものだ。

「鳩渓の名を聞くのも確かに珍しいが、そなたがあのような男のことをわざわざ口に出すのは、もっと珍しいと思ったのよ」

神田橋様は、鳩渓のことが持ち出されたのは、ただの「話の枕」のようなものだろうと考えていた——が、井上は話柄(わへい)を変えることなく、さらに続けた。

「大事なお話があるゆえ、どなたか上のお方にお取り次ぎを、と申して参りましたのでな」

「……で、そなたが応対したか」

「いえ、ほかにも来客が立て混んでおりましたゆえ、三浦(みうら)に任せました」

三浦庄司(しょうじ)は井上に次ぐ田沼家の次席の用人。この二人が、田沼家の家政を切り盛りする車の両輪だった。

話の続きを待つ顔の主へ、井上は自分の言葉に付け足す。

「もっとも、何とのう気になりましたゆえ、合間を見て隣座敷に入り二人の話を聞きましたが」

これは、盗み聞きではない。少なくとも同僚の三浦のほうは、こうしたことがあるのを承知の上で客と対座していた。神田橋様の屋敷には、客に気づかれぬよう、密かに話を聞くために造らせた小部屋まであった。

「またあの男が何か、そなたを驚かせるような突拍子もないことを口にしたか」

神田橋様は、かつて直の目通りを許したことのある、大言壮語を吐きながらどこか憎めないところのある男の相貌（そうぼう）を思い起こしながら訊いた。

「話は、例によって金の無心、援助の要請にござりました。長らく中断しておった『物類品隲（ぶつるいひんしつ）』（平賀源内が編纂（へんさん）した、今日で言う「博物図鑑」的な本）の続きを出すと。しかも、以前出した物と同じほどの分量の続編が、二冊になるか三冊になるか判らぬと申しておりました」

「相変わらず大風呂敷（おおぶろしき）を広げよる」

神田橋様は苦笑した。ことに当たる前の当人は、いたって大真面目に口にするものだから、油断しているうちに内懐（うちぶところ）へ入ってくるような人当たりのよさと相まって、多くの者がついついその気にさせられてしまう。

結果、うまくいくことは少ない――というか、鳩渓が口にしただけの成功を収めることはまずないままに、尻すぼみに終わってしまうのが常だった。こうした成り行きが皆に知れ渡ってしまったことで、現在の鳩渓は大いなる窮状に瀕しているといえる。

「先の一冊を仕上げるだけでも、数十、数百という賛同者を得ての物産会（希少産物などの博覧会）を何度も開く要があったのであろう。しかもその最後のほうは、もう目新しき物はほとんど出てこなかったと聞いておる」

「こたびは、全国にいる賛同者から品を募るのではなく、各地を実地に見分して品を集めるとか」

「鳩渓も、もう齢五十は超えているであろう。街道沿いを歩けば済む話ではなし、いったい幾人ひとを雇って飛び回らせる気か。

さらにあの男、秩父辺りの鉄山再生に手を出して、金主（出資者）にもさんざん迷惑を掛けているそうではないか。もはや、あの男に金を出そうなどという物好きはおるまい――その入用の全てを、当家から引きだそうなどと、まさか考えているわけではあるまいな」

誰も相手にしないような妄想に支配されているなら、あの男ももう終わりだと神田橋様は思った。

「いえ、人を雇うのではなく己でやると。しかも、旅費の心配はしてもらわずともよいゆえ、費用はさほど掛からぬというのが鳩渓の言い分にございます」

「また、いい加減なことを。今度はどのような夢物語に取り憑かれたのじゃ」

それまで間を置かず神田橋様の問いに答えていた井上が、いったん黙した。主の顔をじっと見返して、告げる。

「それが、龍穴と」

「何っ」

聞いた神田橋様も、絶句してしまった。

睨みつけるような主から視線をはずしながら、井上は子細を話し出した。

「今お話に出た秩父の鉄山の坑道にて、鳩渓は不思議な分かれ道を見つけたそうにございます。入ってみたところが、何町（一町は百メートル強）も歩いてはおらぬのに、地表に抜けたかと思うたらそこは三峰山（秩父の鉱山より南西約二十キロにある山）の中腹だったそうにございます」

「なんと……」

「鳩渓も驚いたものの、出た後にもう一度辿ろうとしても、入口の坑道も出口の洞穴ももはや見当たらず。そのときは忙しさに紛れてそのままにしておったけれども、後年よくよく調べて、あれは龍穴ではないかと思い当たったそうにて」

「……で、秩父へ参って、またその坑道を探すと申しておるのか」

神田橋様の問いに井上は顔を上げ、主へ向かってはっきりと言った。

「いえ。鳩渓は、この江戸にて龍穴としか思われぬものを見つけたと。しかも、前回は一度通っただけで見失ってしもうたが、こたびは龍穴が消えぬような手立ても用意していると申しました」

今度の神田橋様の沈黙は長かった。何ごとかをじっと考え、ようやく信頼する腹心へ顔を向ける。

「そなた、どう考える」

答える井上の口ぶりも慎重だった。

「鳩渓の話がざっくりとしたものでしたので、しかとは……。ですが、やつがれが父から聞いておった話と相違するところはないように思いました」

「やはりか……」

そう応じたところを見ると、神田橋様も同じ判断をしているようだった。

「ところで、鳩渓が話したのはそれだけか。あのことには、触れておらなんだのだな」

神田橋様が「あのこと」と言ったのは、父が龍穴の中で見た、黄金色に耀く壁のことである。決して人には聞かせられないため、口に出すのも憚（はばか）った言い方だった。

無論、井上だけにはこれで通じる。

「は、三浦にもそれとなく確かめましたが、やつがれが隣室に入る前にも、今申したこと以外は口にしておらぬようでございます――見たか見ておらぬかは不明ながら、もしあの鳩渓が目にしておって、しかも金を出させんと当家を訪ねて参ったとすれば、必ず大袈裟（おおげさ）に喧伝したであろうと」

井上の返答を聞いて、神田橋様は安堵でわずかに肩を落とした。

「そうか、そうだの――で、あ奴をどうした」

「殿の小姓を使って急用を装い三浦を呼び出し、『ともかく殿様に伺ってみる』と言わせて帰しました。三浦は妙な顔をしておりましたが、あれには何も知らせてはおりませぬ」

「ようやった」

そう、神田橋様は井上を褒めた。

事情を知らない三浦は、そのままにしていたなら、夢見たような話をする鳩渓をあっさり追い返していたはずだ。田沼家の援助は望めないと鳩渓が判断した場合、今度は龍穴の話をどこへ持ち込むか知れたものではなかった。

かといって、「田沼の上屋敷へ行く」と誰に告げてきたか判らぬ鳩渓を屋敷内に取り込めてしまうと、知らぬ存ぜぬで頬被りはできても、今度は「なぜ鳩渓が消えたか」というところから、あらぬ憶測を招きかねない。

井上が採った手立ては、現状では最善と評すべきだ。

「で、どうなされます」

井上が、主に判断を請うた。

何万という人が死に、それに数十倍する人々が災厄に苦しむ事態へ深く関わってしまったのではないかと、父は死ぬ間際まで悩み苦しんだ。その姿は、いまだ神田橋様の脳裏から離れることはない。井上も、同じ思いを共有しているはずだった。

父は、その懊悩から逃れるため、有徳院様（八代将軍吉宗）にあらん限りの忠誠を尽くした。己も、同じ思いで先代の惇信院様（九代家重）や今の大樹（十代家治）に仕えている。

あのような災厄、二度と起こしてはならなかった。なれば、結論は決まっている。

そう、はっきりと断じた。井上がいささかの懸念を表してくる。

「捨て置けぬの」

「鳩渓のいう、江戸にある龍穴の場所を確かめるのが先では」

わずかに考えた後、神田橋様は応じた。

「いや、いつも存在しているわけではないと、申したのであろう。それに、鳩渓が悠長に構えているところからすると、そう簡単に人目に触れる場所ではないようじゃ。なれば、偶々開いたとき誰かに見つかる懼れは少なかろう。あれは、たとえ所在を我らが知ったとて、簡単にどうこうできるような代物ではなかろうしの――なれば、大事が漏れぬうちに、広めかねぬ口を塞いでしまうことこそ肝要」

「では？」

「ああ、可哀相じゃが」

井上は一揖すると、主一人を置いて座敷を出た。


鳩渓、平賀源内が自宅で知人を殺したとして捕らわれたのは、この二日後の朝のことだった。「こたびは龍穴が消えぬような手立ても用意している」と言っていた鳩渓が、実はその手立てを施した後だったということには誰も気づかぬまま、当人は小伝馬町の牢でその生涯を閉じることになった。

第二話　捜心鬼

一

大川の東側も江戸湾に面した深川や、その北隣の本所などはかなり開けてきたが、さらに北、今戸川町の向かい辺りの向島となると、だいぶ鄙びた場所になる。今戸川町の西に広がるのが吉原のある浅草田圃だから、これは当然といえば当然だ。

そうした辺鄙な向島にも――いや、ある意味では神田や日本橋といった人で溢れ返っている町人地とは違った辺鄙な場所であるからこそ、物見遊山の人々がやってくるような名所がいくつもあった。

そのうちの一つ、芭蕉の弟子の宝井其角が雨乞いの句を詠んで、見事雨を降らせたという言い伝えで有名な三囲稲荷の北西の角のところに、一軒の料理茶屋があった。名を平石屋、馴染みの客からは『葛西太郎』と呼ばれるこの茶屋の名物は、鯉料理だ。

なお、江戸の料理屋は元禄のころ（一七〇〇年前後）に奈良茶飯を食わせる見世ができたのが嚆矢とされるが、この物語の時代である天明期（一七八〇年代）にはすでに、今日の料亭の元祖とでも呼ぶべき見世が続々と生まれている。

その平石屋から、酔っ払いの集団がぞろぞろと出てきた。飲食を済ませた後の客らしい。

「ケッ、あ、あらいも出せねえで、鯉料理が名物だなんて一丁前なことぉ抜かしてんじゃねえや」

客を見送る見世の奉公人が見えなくなるほど遠ざかったところで、集団の一人が不機嫌そうな声を上げた。この男、相当に聞こし召しているようだ。

仲間内でも特に穏やかそうな一人が、悪態をつく男を宥めにかかった。

「まぁまぁ、新左さん、そう怒りなさんな。この見世じゃあ、あらいは旬の夏にしか出さないってえんだから、仕方がないじゃありませんか。鯉濃が堪能できたんだ、今日のところはそれで良しとしましょうや」

新左と呼ばれた男も言葉を掛けてきた仲間には一目置いているのか、それで機嫌は直りかかった。ところが、別の酔っ払いが脇から絡んでくる。

「おい、新の字。手前(てめえ)食い物(もん)なんぞのことで、いつまでもグダグダ言ってんじゃねえや。お前があんまり意地汚ねえことぉほざいてると、こっちまで『どこの田舎者(いなかもん)だ』ってえ目で見られちまう。恥ずかしいったらありゃしねえぜ」

新左は、「この野郎、何だとう」と即座に反応する。

「真っ当な料理屋じゃねえ見世を真っ当じゃあねえって言って、何が悪い。それを、いつが旬かも判らねえで、たぁだ有り難がってパクついてやがるお前なんぞのほうが、よっぽど田舎者だって陰で嗤(わら)われてんだろうぜ」

「おお、こいつぁ大(てぇ)したもんだ。料理屋が旬じゃねえっつってんのに、この新左様は旬に違いねえって？　ただの大工(でえく)だとばっかり思ってたけど、こいつぁどこの食通でいらっしゃったんだ」

「馬鹿野郎が、いいか、よく聞け。鯉ってヤツぁなあ、寒鯉(かんごい)っつって冬が一番美味(うめ)えって決まってんだ。あんまりもの知らずだと、手前の餓鬼にも馬鹿にされんぜ」

「そいつぁ悪うござんしたねぇ。でもなぁ、もう一月だ、江戸じゃあ春だぜ。寒鯉ってえなぁ、おいらぁてっきり、冬の鯉のことぉ言うもんだとばっかり思ってたけどね。

それによ、魚にしろ獣(けもの)にしろ、冬にゃあ寒いから体に脂(あぶら)ぁ貯め込むんだ。江戸の粋なお哥ぃさんは、あんまり脂っこい物ぁ好まねえから、生で食うあらいは、ほどよく脂の抜けた夏が旬なのさ。

そんなに脂物が食いたきゃあ、こんなお上品なとこにゃこねえで、鮪（マグロ）のねぎまか山鯨（猪。いずれも鍋料理）でもつつきにいくほうが、よっぽどお前にゃあお似合いだぜ」

「この野郎、言いやがったな」

「ああ、言ったがどうした」

互いに袖を捲って今にも殴り合いを始めようとする二人を、先ほどの男をはじめとする他の仲間が止めに入った。

「まあまあ。土手を下りたら、すぐそこに舟を泊めてありますから。皆でそれに乗って、これから吉原へ繰り出そうってとこじゃありませんか。

そんなに肩を怒らせてると、廓に登楼ってももてませんよ。ここは二人とも機嫌を直して、皆で仲よくいこうじゃないですか」

突っかかってきた男のほうは、いまだ相手を睨んではいるものの、仲裁を受けて一応戈を納めた。しかし、新左は収まらない。

「ケッ、あんな野郎とおんなし舟に乗るなんざぁ、怖気が走るぜ。おいらぁ、やめた。こっから一人で帰（けえ）るから、後（あた）ぁみんなでよろしくやってくんな」

「そんな、新左さん」

　困惑顔になった仲裁役の肩を抱くようにして、新左は皆から少し離れて小声になった。

「徳（とく）さん、仲裁忝（かたじけね）え——でもよ、あの野郎はどうにも勘弁ならねえ。ここは徳さんの顔ぉ立てて荒っぽいこたぁ我慢するけどよ、そいつもあの野郎の顔が目に入ってくると、いつまで保（も）つか判らねえ。

　だから、ここで消えるって言ってんのさ。他の皆さんにもご迷惑をお掛けしねえためにゃあ、そいつが一番だろうからね。だから、得心してくんねえな」

「だけど……」

　徳と呼ばれた男は、離れた新左へ困惑顔を向ける。

　新左のほうは、さばさばした顔で手を振った。

「あばよ、せいぜい花魁（おいらん）に尻（ケツ）の毛まで抜かれて楽しんできな。おいらぁ、ちょっくら酔いを醒（さ）ましてから帰るからよ」

　そのまま、すたすたと勝手に土手の上を歩き出してしまう。

　仲間の一人が、新左の背へ声を掛けた。

「おい、そっちじゃねえぜ。そっちゃあ北だ、お前さんの家たぁ、反対の方角だよ。向島なんてぇ不案内なとこを、酔っ払いが独りで動こうなんぞと考えてると、たちまち迷子になっちまうぞ」

新左は振り返らず、足も止めずに言葉だけ返した。

「だから、酔い醒ましをして帰るって言ってんじゃねえか。お前さん方こそ、酔って騒いだ挙げ句に舟ぇひっくり返して、みんな魚の餌になっちまったなんて笑い話にされねえように気ぃつけな」

そのまま、本当に行ってしまった。

「ケッ、女郎買う金もねえんなら、格好つけずにそう言えってんだ」

先ほどまで新左と言い争っていた男が吐き捨てた。

「確かに、見世の中でのあの男の態度も見られたもんじゃなかったが、それにしたってお前さんもちょいと言い過ぎだ。いなくなった後まで、そうやって悪口並べてんのは、どうもいただけませんね」

今まで黙っていた仲間内でも年嵩に見える一人が、ついにお小言を発した。新左には強いことを言っていた男が、この窘めにはちょいと首を竦めた。

「さて、新左は行っちまったし、こんなとこにいても仕方がない。舟へ、乗り込みますかね」

気を取り直した仲間の一人の提案に、その場の皆が動き出した。新左の遠ざかっていく後ろ姿をずっと見ていた徳も、やむを得ず皆に従った。

男は、目の前のそれを、息を詰めて丁寧に扱っていた。

並びが正しいか間違っているか、欠けた部分があるのかないのか、少しも迷いなく判じられるようになるまで、ずいぶんとときが掛かった。たったそれだけのために、いったい何年費やしただろうか。

自分が上手くできるようになるまで、男はそれを大切にしまっておいたつもりだった。が、あまりに長いときを費やしたため、脆くも毀れてしまった部分もある。当時の自分は、歳月の流れが大切なものを朽ちさせていくのを、止める知恵さえ十分持ち合わせてはいなかった。

「でも、それも昔の話だ。今の儂にならできぬことはない」

男は、己が続ける作業に細心の注意を払いながら、そっと独り言を呟いた。それはまるで、自分が懸命に形作ろうとしている物に、語り掛けているかのようだった。

「まだ、左の脛が足らぬか。それに、背骨のいくつかも……右足の小指の先、尻の尖り、細かいところはまだまだ探さねばならぬの」

不満げな口ぶりではあるが、決して諦めることのない、強い意志の籠もった声だった。

二

際野聊異斎と捨吉の二人が、住まいとしていた不忍池ほとりの一軒家から姿を消して以来、榊半四郎はほとんど何も手につかぬまま日々を送っていた。

聊異斎の家が深夜何者かに襲撃を受けて炎上する夢を見た半四郎は、胸騒ぎを覚えて翌朝早々に上野へと足を向けた。ただの夢に過ぎない、道理を考えるならそのようなことになっているはずがないと自分へ言い聞かせながら到着すると、目の前に広がっていたのは夢が現実になったような焼け跡だった。

火事を見て駆けつけた火消しの衆によると、一同が到着したときにはもう家中に火が回っていて、手の付けようがなかったということだ。ただ一つの吉報は、焼け跡からは死骸どころか人の骨一本見つからなかったことだが、その後も二人の行方は杳として知れず、安否は全く不明なままだった。

聊異斎らが住んでいたのは、上野寛永寺に属する塔頭のうちの一つの持ち物で、庵主に話をつけて借りていたものだったから、寺社奉行支配の地での火の不始末ということになる。それでも、半四郎とも聊異斎らとも浅からぬ付き合いのある北町奉行所臨時廻り同心愛崎哲之進は、報せを受けるや押っ取り刀で飛んできてくれた。

さすがに調べへ口出しはできなかったようだが、それでも寺社方の見分の結果はしっかりと聞いてきてくれた。なぜ火事が起こったのか、はっきりとは判らないというのが寺社方の結論だった。

「ところでお前さん、お城の反対側に住んでるにしちゃあ、ずいぶんと早くにここへ現れたようじゃねえか」

寺社方からあまり邪魔にされない程度に遠慮しながらの立ち会いを終えて、野次馬連中の中で待っていた半四郎を連れ出すと、愛崎はようやく若い浪人の聴取にかかった。こたびの火事と半四郎との関わりに気づいているのは、当人に呼び出された愛崎だけである。

口にしただけで正気を疑われかねないような言い訳しかできない半四郎であったが、旧知の臨時廻り同心には夢の話を正直に告げた。これまでも半四郎や聊異斎が対峙した数々の怪異を目にしてきた愛崎は、若い浪人の話を異論を挟むことなく聞いてくれた。

「ただの偶然の一致かもしれません。ともかく気になったから来てみれば、この有り様だったということです」

半四郎は、己の話をそう締め括った。

愛崎は、半四郎の説明に何の感想も述べなかった。

「まあ、何はともあれ、今は爺さんと小僧がどこへ行ったのか、そいつを捜すのが先決だな――お前さんが夢で見たっていう、刀ぁ持った野郎どもが大勢で押し寄せてきたような跡もはっきりたぁ残ってねえとなりゃあ、他に手はねえだろ」

もし、本当に半四郎が夢で見たようなことが起こっていたとしても、火事の後で火消しや見分の役人など大勢の者が周辺を好き勝手に歩き回っていたから、足跡を見分けることすらできはしなかったのだ。

愛崎の考えには、半四郎も同意するよりなかった。

家を全焼させた上、何の断りもなく消え失せてしまった借家人について、貸し主の寛永寺塔頭の庵主が黙っていたとは思えない。それでも寺社方より聊異斎ら二人に手配が回らなかったのは、そもそも借家人の老人から十分な金が渡っていたため、庵主の怒りのほどが小さかったのだと、愛崎は半四郎に教えてくれた。

　愛崎はまた、これも聊異斎らと深く関わりのある神田の刀剣商叶屋（かのうや）が、裏からだいぶ手を回してことを荒立てずに収めたとも言った。臨時廻り同心が口にしたのはそれだけだったが、寺社方に対しては愛崎自身も何らかの働き掛けをしたのではないかと半四郎は考えている。

　いずれにせよ、それから何日経っても、聊異斎や捨吉が半四郎の長屋へ顔を出すことも、愛崎や叶屋から二人の消息が伝わってくることもなかった。

　半四郎は、毎日「今日こそは何か判るのではないか、報せが入ってくるのではないか」という希望を捨てきれず、ろくに外出（そとで）もできないでいる。わずかに長屋をはずした間に、事情をろくに知らない使いが訪ねてきて、そのまま帰ってしまうことを懼（おそ）れたからだった。

　惣後架（そうこうか）（共同便所）に入っていても、長屋の木戸の出入りは気になる。住人や物売りなどが木戸を出入りするたびに、上半分は素通しになっている惣後架の扉の上からひょっこり顔を出すものだから、同じ長屋に住まう三次（さんじ）やお久良（くら）などに呆（あき）れられているのだった。

　買い物は、できるだけ長屋を出入りする担い売りから求めるにしても、米や味噌など、届けてくれるほどの量を購わない若い浪人とすれば、自分の足で買いに行かねばならない物がどうしても出てくる。

そのようなときには、お久良や大工の女房のお恋が洗い物などで表へ出ているときを見計らい、くれぐれも使いが来たのを見逃さぬように頼み込んでから、ようやく駆け足で用を足しに行くのだった。今では、井戸端にいる二人の前に顔を出すだけで、「判ってますから早く行っていらっしゃい」と、呆れ顔で言われるほどになっている。

そんな暮らしを続けても、もともと来客などほとんどない半四郎の店を、訪ねてくる者はいなかった。

刀剣商の叶屋からようやく使いが来たのは、聊異斎らが住まいから消え失せて、半月ほど経ってからのことだった。

「こたびお呼びするのは、主が榊様にご相談があるからだと申しておりました。肝心のお報せができぬままで申し訳ありませぬが、一度手前どもの見世のほうまでご足労を願えませぬでしょうか」

主の使いでやってきた奉公人が、丁寧に用件を伝えてきた。「お前の期待している聊異斎老人の件ではないから、そのつもりで足を運んでこい」という言伝であるが、丁稚（でっち）ではなくわざわざ気の利いた手代をよこすことで誤解が生じないよう配慮してくれたことに、感謝すべきだ。

叶屋には、半四郎自身もだいぶ世話になっている。気遣いなどされなくても、呼ばれたのを無下（むげ）に断れる相手ではなかった。使いの手代に叶屋の都合を訊き、「事前にお報せいただければいつでも」という返事をその場で得て、翌日の午（ひる）過ぎに伺うと使いの手代へ伝えた。

　もし聊異斎に関し自分のところへ報せがくるのなら、それは叶屋か愛崎のいずれかであるはずだし、愛崎からだったとしても叶屋にも同じ報せが入るはずだ。だから、本来受け取るべき報せが自分の耳に入るのが遅れたとしても、それは長屋を出て叶屋の見世に着くまでのわずかな間に過ぎなかった。

　理屈では判っているつもりだが、それでも己の店を後にするときには後ろ髪を引かれる思いがした。お恋やお久良にくれぐれも留守を頼んで、若い浪人はようやく長屋の木戸を背にした。

　出掛けてしまえば、今度は一刻も早く叶屋の見世へ着こうと、知らず知らずのうちに急ぎ足になる。ともかく自分は、まず来ないと判っていても、聊異斎たちの消息を知る機会を逃したくも遅らせたくもないのだ。

そうして、いつもよりずっと早く神田佐柄木町（さえきちょう）にある叶屋の見世に着いた。作物の育ちも悪かった気候がそのまま引き続いた寒い冬だというのに、叶屋に到着した半四郎はうっすらと汗ばんでいた。

「このようなときに突然お呼び立てして、申し訳ございませんでしたな」

座敷へ通された半四郎の前へ、叶屋はすぐに姿を見せた。以前から変わるところなく、挙措（きょそ）も口ぶりもそれなりの格式を備えた商人らしいゆったりとしたものだ。

「いえ、何もなすところなく長屋に閑居（かんきょ）していただけです。それよりも、長らくご無沙汰をしてこちらこそ申し訳ございませぬ」

半四郎は、きちんと挨拶（あいさつ）を返した。下げた頭を戻して、「ところで、ご用がお有りだとか」と問う。

「なに、わざわざご足労願いましたが、半分は榊さまがどうしておられるのか気になりまして、お顔を拝見したかっただけにございます。手前の勝手でお武家様をお呼び立てするなど、無礼も甚（はなは）だしきことですが、どうぞお赦（ゆる）しくださりませ」

叶屋は半四郎と会えたことがさも嬉しいという様子で詫（わ）びを口にした。

「身共のような者にお気遣いくださってのことです。有り難いばかりにて、感謝以外の心持ちを持ってはおりませぬ——ところで、聊異斎どのや捨吉のことは、叶屋どののほうでもやはり何も判らぬままにございますか」

　にこやかに客を迎えた刀剣商の主の顔が、この問いに曇った。

「はい、できる限りの手は尽くしておるつもりにございますが、いまだ何の手掛かりも得られてはおりませぬ。

　こたびお呼び立てしたことで、もしやというご期待を抱かれたのでしたら、申し訳なきことを致しました」

　三たび詫びを口にした叶屋へ、半四郎は手を振って謝罪は無用との意を示した。

「いや、お報せいただけるほどのことが判っておらぬのは、お訪ねくだされた手代どのより確かに承（うけたまわ）っております。それでも、もしやという無い物ねだりからの問いにござりました。未練たらしい愚問にござる、どうかお忘れください」

　言葉のとおり、忸怩（じくじ）たる思いを抱きつつ返答した。それでも、自分の心に嘘はつけない。こんなことを口にしつつも、はっきりと落胆を覚えていた。

　半四郎は、気分を変えて別な問いを発した。

「ところで、叶屋どのは『半分は身共の顔を見るために』とおっしゃいましたな。後の半分は、別なご用があって呼ばれたと考えてようござりますか」

　尋ねた当人にとっては何気ない質問のつもりだったが、叶屋は答える前に半四郎の表情をじっと見る様子だった。

「何か、深刻なことでしょうか」

返答を憚っているように見えた刀剣商へ、落ち着いた声で改めて問うた。

この江戸に出てきて以来、ほとんどはあの奇妙な老人や小僧の二人と一緒だったが、ともかく数えきれぬほどの異様な出来事に出くわしていた。今さら何を言われても、そうそう驚かないほどには肝が練れてきているという自負はある。

「深刻、というわけではござりませぬが——榊さま。手前は、大事な仕事の相方を失われたばかりのあなた様に、これまで同様のお仕事の依頼をしようとしております。もしお怒りになられてもそれが当然と思うばかりにて、お断りいただいてもいっこうに構いません。ですが、もしご寛恕いただけるのであれば、手前の話だけでも聞いてはもらえませぬでしょうか」

思いも掛けない申し入れを受けた。半四郎は、正直に己の存念を述べる。

「怒るなどとはとんでもないこと。叶屋どのには叶屋どののご事情があって当然なことぐらい、それがしのような元在方の軽輩でも十分わきまえているつもりでございます。叶屋どのが身共に話を聞けと仰せならば、身共に否はござりませぬ。

されど、もし身共ただ一人でこれまで同様に怪しきことどもへ立ち向かえとおっしやられるとしたら、分不相応と申し上げるしかありません。叶屋どのは聊異斎老人や捨吉のことを『身共の相方』と仰せであったが、身共はこれまでお二人に導かれるままその後ろに従ってきただけ。ご老人方の手助けが得られぬ今、お話を伺ったとて何のお役にも立てまいと存ずるが」

「いや、際野さまもおっしゃっておられましたが、榊さまはどうやらご自身のお力を、ずいぶんと過小に評価なさっておられるようでございます。

それは、際野さま方と比べれば、これまでこなしてきた数があまりにも違いすぎますゆえ、知識や経験では確かに太刀打ちできぬところもございましょう。しかしながら、榊さまにはその不足を補って余りあるほどのたいへんな資質がお有りだ。謙遜なされる要は、少しもございませぬぞ」

「叶屋どの、買い被りすぎでござる。身共は、そのような者ではございません」

半四郎の意識では、自分の言っていることは謙遜でも何でもなかった。嘘偽りのない本音である。

これまで様々な怪異と直面する事態を迎えたが、そのほとんど——特に厄介なものを相手にしたときは全てで、自分のそばには必ず聊異斎と捨吉がいた。そのうちどの一件を取っても、二人抜きでは上手く解決しなかった。それが、叶屋言うところの

『半四郎の資質』の実態なのだ。

「そうですか。最初に申し上げたとおり、無理強いをするつもりは全くございませんので、榊さまが気が乗らぬとおっしゃるのでしたら、このお話はやめと致しましょうか」

叶屋は、あっさりと引き下がった。「そんなことで大丈夫なのか」と、半四郎のほうが心配になるほど潔い態度だった。

「ご期待に添えず申し訳ありませぬ──なれど、気が乗る乗らぬではなく、身共自身の分をわきまえての辞退ですので、ご了解くださりませ」

頭を下げたところでこの話は終わったつもりだったが、生き馬の目を抜く江戸の商売人は、そう簡単に諦めてはいなかったようだ。直った半四郎へ、「榊さま」と窺うように呼び掛けてきた。

「気が乗らぬわけではないとおっしゃるなら、実際、分に過ぎることなのかどうか、お話だけでも聞いてはもらえませぬか。先ほど榊さまは、『手前に願われれば聞くことは構わぬ』と仰せになられましたしな」

確かに、言葉の綾でそのようなことを口にした自覚はある。言った以上、拒むことはできなかった。

――なんだか以前、同じようにして口車に乗せられたことがあったような気がする。

若い浪人が「あれは、いつ何の話のときだったろうか」と記憶を辿ろうとしたときにはすでに、叶屋の話は始まっていた。

三

「先般までなさっておられた旅について、際野さまは『江戸以外にも異変は広がっている』と仰せでござりましたが、同じことは、同道された榊さまもお感じになっておられたものと存じます」

叶屋は、話をそう切り出した。

ただ感じるどころではない怪異にいく度も直面した半四郎は、頷くよりない。ふと思い出しかけた刀剣商の手練手管のことは、頭の隅に追いやられてしまった。

「その異変が江戸の中でも続いていたことは、際野さまや榊さまがお鎮めになった先日の異変を例に取るまでもなく、理の当然にござりましょう」

叶屋のいう「先日の異変」とは、神田にある旗本屋敷で立て続けに起こった神隠しのことだった。自分たちが旅に出ている間に聊異斎の同業者たちが次々と犠牲になり、自分たちも消される寸前までいったという、まさにギリギリの攻防を体験させられていた。

叶屋は、続きを口にするにあたりわずかに身を乗り出した。

「このお江戸の周辺にも、やはり広がっておるのでございますよ」

「お江戸の周辺？」

「はい、こたび榊さまにお聞きいただきたいのは、向島で起こった怪異にござります」

いったん言葉を句切った刀剣商は、聞き手が乗ってきたのを見定めたように、問いを一つ発した。

「榊さまは、黒塚（くろづか）という言葉を聞かれたことがおありですかな」

そんな祠（ほこら）や地名が向島にあったかと、江戸について知識の乏しい若い浪人は頭を巡らせかけたが、そこでふと思いついたことがあった。

「黒塚、というのは安達ヶ原（あだちがはら）のことでしょうか」

「これは無礼なことを申しましたかな――しかし、よくご存じで。さすがにお武家様にござりますな」

「いえ、身共の国許からは遥かに離れているとは申せ、同じ奥州のことにござりますから」

黒塚、安達ヶ原というのは同じ話の別な呼び名で、有名な古い言い伝えだ。

旅の途中、奥州南方の広大な荒れ野で道を失い、陽も暮れてきて難渋した僧侶が、媼一人の住む岩屋をようやく見つけて一夜の宿を乞うた。媼は僧侶を己の住まいに迎え入れた後、「用があるから出掛けるが隣の部屋は決して覗くな」と言い置いていなくなる。

一人置き去りにされ気になった僧侶がそっと隣の部屋を覗くと、そこには何人もの人の骨が散らばっていた。媼は、人を喰らう鬼婆だったのだ。

慌てて逃げ出した僧侶を、正体を顕した鬼婆が追ってくる。あわや追いつかれんとしたとき、僧侶の命は肌身離さず持ち歩いていた観音菩薩像の功徳で救かり、鬼婆も菩薩の導きで成仏する、という話である。

『黒塚』の題名で能楽の演目となったために世に広く知られるようになった話だから、叶屋は「教養がある」と半四郎に感心してみせたのだが、実際にはこの物語の時代、すでに『奥州安達原』という浄瑠璃になって評判を呼んでいた。

「しかし、向島のお話をされるのに、なぜ黒塚のことなど——もしや、そのようなことが実際に起こったというのでしょうか」

反問された刀剣商は、若い浪人を見ながら頷いた。

「年が明けてほどなく、今年の春の話です。大工の棟梁やら左官の親方やら、同じ仕事場で顔を合わせることのある者らが、向島へ遊びに出掛けたときのことにございます——棟梁や親方と申しても先代の後を継いだばかりのような若い者が、年寄りのおらぬところでせいぜい羽を伸ばそうという集まりだったようでして。

梅を見て、料理茶屋で美味い物を食べて、後は向島から大川を渡って吉原へ繰り出そうという趣向だったようですが、酒が入ったことで仲間内でつまらぬ揉め事が起きましてな、一人が臍を曲げて途中で皆と別れてしまったと申します。

このお人を、仮に、そうですな、新左衛門さんとでもしておきましょうか。

新左衛門さんは、吉原行きをやめたのならばまっすぐ帰ればいいものを、酔い醒ましと称して、あらぬほうへ足を向けたようでして。まぁ、怒りが収まらぬこともあったのでしょうが、あまりに早く家へ着いてしまうと、したくもない言い訳を並べなければならなくなる、というのが面倒だったのかもしれませんな」

叶屋は、続きを話す前に茶碗を手に取り、喉を湿した。半四郎が黙って聞く中、刀剣商の話はさらに続く。

ところが、酔いが回っている上に、行き当たりばったりで考え無しに歩き回ったものですから、そのうちに己がどこにいるのか判らなくなって参りまして。

周囲を見回してもあるのは田圃と畑ばかり、他には林ぐらいは見えますが、どちらへ足を向けても景色の変わった気が致しません。たまには百姓家が目に入って参りますものの、そんなところへ足を向けて「道に迷った」などと子供じみたことを言うのがどうにも癪で——などという心持ちになっていたところが、手前に言わせれば十分子供じみておるのでございますけれども。

年も改まったばかりの季節でございますから、野良に出ているような者にも行き当たりませせず、そのうちに陽も落ちて参りまして、さすがに新左衛門さんが「どこでもいいから戸を叩いて道を訊こうか」と思い直したときには、肝心の百姓家すら見当たらないようなところへ出てしまっておりました。

春とは名ばかり、陽があるうちはまだましですが、とっぷりと暮れて夜風に吹かれてみると、歯の根も合わぬような有り様にございます。折悪しく、雪まで降ってきたそうで。

——こいつは大変だ。

たしか、この道を戻れば家があったはずと、駆け出しましたがそれらしい場所に行き当たりません。記憶も不確かだったのでしょうが、暗くなって周囲の様子も見づらくなり、遠目が利かなくなったのが一番の理由だと思われます。

が、これは後で話を聞いた者が、ぬくぬくとした座敷で落ち着いて考えられるから言えること。その場にいる新左衛門さんご本人にすれば、「独り雪山にて今にも行き倒れんか」という心持ちになっていてもおかしくはござりませんでしたでしょう。

——おいらは、こんなとこでくたばるんか。なんであんなつまらねえ意地ぃ張って、皆から離れるような馬鹿なまねをしたんだろうか……。

そんな懼れや後悔が浮かんでこようとするのを懸命に押し殺しながら、新左衛門さんは激しくなってきた雪の中を歩き回ったそうにございます。

そうして、ようやっと一軒の家に辿り着きました。そこはこぢんまりとした一軒家で、まともな庭もないような狭さですから、どうにも農家には見えなかったそうです。

とは申しましても、病人の療養をさせるための商家の寮や、どこかの金持ちの妾宅にしては、いくらなんでも淋しすぎる立地です。どんな人が住んでいそうかというと、世俗を嫌った隠者の住まい、というぐらいしか思いつかなかったそうで。

ともかく、家の外見に躊躇っていられる状況ではありません。雨戸の隙間から明かりが漏れているところからすると人はいそうで、新左衛門さんは「これ幸い」と家の敷地に入り込み、戸口をほとほと叩いて家人を呼びました。

「もうし、どなたかおりませんかね。道に迷っているうちに夜になった上この雪で、難儀をしております。

戸口の土間でも結構でございますから、どうか夜が明けるまで、中にいさせてはもらえないでしょうか」

そのようなことを呼び掛けながら戸を叩いていたものの、しばらくは何の気配もしなかったそうです。

――居留守を使ってやがるのか、それとも明かりだけ灯してどこか近所へ出掛けているか。

迷いはしたものの、このまま雪に降られながら立っているわけにもいかず、かといって諦めて他を探す気力もございませんでしたので、意を決して無理にも戸を開けて中へ入ろうと致しました。

するとようやく根負けしたのか、あるいは新左衛門さんの強引な考えが中まで伝わったのか、人の近づいてくる気配がして、戸がごとごとと引き開けられました。

大工の棟梁をしていなさる新左衛門さんは「ずいぶんと建て付けの悪い戸だな」と思ったそうにございますが、ともかく礼を言って先ほどからの口上を繰り返そうと、顔を出した相手を見ました。

目の前に立っていたのは、腰が曲がって自分の胸ほどの背丈しかない爺様だったと申します。

相手を見た途端、新左衛門さんは一瞬言葉を失ってしまいました。いつ洗ったのか判らぬような襤褸襤褸のむさい着物を着ていたという爺様の格好もそうですが、何よりも、戸を開けたときに中から襲ってきたムッとする臭いに息を詰まらせてしまったことが一番の理由でした。

それは、薬臭い一方で、なにやら獣の肉でも煮ているような脂臭いものでもあったということです。

気を取り直した新左衛門さんは、己の名や住まいを述べた上で、再度一夜の宿を願いました。

爺様は、何を考えているのか判らぬような目でじっと相手を見つめているばかりでしたが、願いを口にした新左衛門さんが丁寧に頭を下げると、ようやく口を開きました。その後のことがあったからやもしれませんが、思い返した新左衛門さんによると、地の底から響いてくるような陰々滅々とした声だったそうにございます。

「誰にも居させる気はないが、この寒空に追い出すのも可哀相だ。お前さんが自分で言ったように、この戸口の土間でいいなら、朝までいても構わない」

新左衛門さんは家に上げて火のそばまで行かせる気遣いはないのかと、むっとしかかったそうですが、自分の立場が立場です。そこは堪えて、笑顔を作って礼を言ったとのことでございました。

一人で板間に上がった爺様は、筵を抱えて新左衛門さんのところへすぐに戻ってきました。

「悪いが、ちょっと事情があって、火を盛大に焚いてお前さんを暖めてやることはできない。これでも体に巻いて、寒さしのぎにしなさい」

そう言って、手にした筵を渡してくれたのです。

いかにも蚤や虱がたかっていそうな筵でしたが、この際こだわっていられる場合ではありません。有り難く渡された筵にくるまり、これも手渡された白湯を口にしながら、ようやく人心地のついた新左衛門さんは「この爺さんもそんなに悪い人じゃねえようだ」と思い直したそうにございます。

その見方は当たっていたようでして、爺様は奥で何かやっていたかと思うと、蓑を着て出て参りました。

「その様子では何も口にしておらぬようだが、生憎今はお前さんに食わせられるような物がない。近くの百姓家に行って何か用意してもらうゆえ、しばらく待っていよ——ただし、土間から上がることは許さぬぞ。儂が戻るまで、そこで大人しくしておると約束できるか」

いつもならば、「そんな手間は掛けさせられねえ」と断るところだったでしょうが、散々歩き回って確かに腹は空いておりますし、何よりとにかく腹に食い物を入れぬと寒くて仕方がありません。新左衛門さんは「確かに約束する」と固く誓って、爺様の心遣いに篤く礼を述べました。

さて、爺様が新左衛門さんの夕餉を調達するため出ていってしまい、独りぼっちになってみると手持ち無沙汰でやることがありません。ただぼんやりしているうちに、この家に入るとき感じた強い異臭が、しばらく忘れていたのにまた鼻につき始めました。

一度そうなってしまうと、気になって仕方がありません。自分のために雪の中を出掛けていった爺様には悪いと思いながら、新左衛門さんは好奇心が抑えられず、ついに板間の上に上がり込んでしまったのでございます。

板間は中央に囲炉裏の切ってあるごく当たり前の造りで、隅々まで歩いてみましたが変わった物は一つもありませんでした。板間の奥には次の間があるようで、板戸で仕切られております。

約束を破ってそんなところまで覗くのはよくないと判っていながら、「どうやら臭いの元はこの板戸の向こうにあるようだ」と思ってしまうと、つい戸に手が掛かってしまいました。

そっと細めに開けて中を覗いたのですが、隣の間には明かりが灯されておらず、暗くて何も見えません。しかし、先ほどまで感じていた臭気がぐんと強くなったことから、どうやら自分の予測が当たっていたことは判りました。

耳を澄まし目を凝らして、部屋の中の気配を探りましても、誰かいる様子はありません。そこで新左衛門さんは、思い切って板戸を大きく開け放ちました。

爺様がいつ帰ってくるのか判らぬからには、いつまでもこのようなことをしてはいられないと思ったからでした。約束を破ってしまった以上、「毒を喰らわば皿まで」という心境だったやもしれませぬな。

「わっ」

板間の光を入れ、隣の部屋の中を改めて覗いた新左衛門さんは、思いも掛けぬ物を目にして驚きの声を上げました。そこの床には、人の骨が転がっていたのです。
新左衛門さんが『黒塚』の話をご存じだったかどうかは判りません。しかしながら、道に迷った旅人を泊めてその夜のうちに食い殺す鬼の話は、『黒塚』に限らず各地にいくらでも転がっております。部屋の中に無造作に並べられている人の骨を見て、新左衛門さんが子供のころに聞いたそうした昔話を思い出したのも、むべなるかなと申せましょう。

あまりの恐ろしさに、新左衛門さんは泊めてもらうはずのその家を飛び出しました。もう、夜も雪も気にしている場合ではありません。ともかく命あっての物種（ものだね）と、方角も定めずに駆け出したのでございます。

新左衛門さんを一人残して家を出た爺様が、本当に農家へ食糧を調達しに行ったのか、何か他の理由——たとえば、新左衛門さんという新たなご馳走をともに喰らう仲間を誘いに行ったのかは判りません。が、いずれにせよ新左衛門さんにとっては幸いなことに、家へ戻ってくる爺様とばったり出くわすこともなく、逃げ切ることができたのでございます。

向島が田畑ばかりの広い土地だとはいえ、落ち着いて方角さえ見定めていれば、実は迷うことなどあるはずのない場所なのでございます。ともかく西を目指せば大川に突き当たりますので、その土手の上を真っ直ぐ南へ下りさえすると、簡単に本所の町並みまで到達できるのです。

動転していた新左衛門さんが、こうした道理に思い当たったとは考えられませぬが、それでも無闇に駆け出した方角がよかったのでございましょう。いつの間にか雪がやんで、月が耀き(かがや)だしたのも幸運でした。ともかく必死に駆けていった先に、大川の土手がこんもりと盛り上がっているのが見えたのでございます。

そうなれば、いくら慌てていたとは申せ、もはや己の家へ帰るまで道が判らなくなることはありませぬ。あの爺様が——もしかすると鬼に変じて、追っては来ぬかとたびたび振り返りながらではございますが、無事に家まで辿り着いたのでした。

不安があるとすると、爺様に宿を願ったときに、自分の住まいやら名前やらを口にしてしまったことでしたが、気にはしつつも日々の仕事に追われているうちに、いつの間にか忘れていたことにふと気づくようになっておりました。

そう、あれから、何ごともなかったのでございます。まるで向島の一夜は、ただの夢だったのではないかと思えるようになったと言っておられました。

叶屋はそこまで口にすると、長い話をいったん切り上げた。

四

叶屋が口を閉ざしたところへ、ころあいを見計らっていたように手代がやってきて、茶を差し替えていった。客の後に主へも茶を供したとき、手代がそっと「お着きになりました」と言ったのを、半四郎は聞き逃さなかった。

目の前に置かれた茶碗を取り上げた半四郎は、喫してから叶屋に告げた。

「お客人でしたら、どうぞそちらを優先してください。身共は、いくらでも待てますゆえ」

「これはお気遣い、有り難うございます。ですが、そうしていただくまでもございませんので」

ならば番頭でも済む用かと、半四郎は先ほどからの話を続けることにした。

「今お話しいただいたのが、この春の出来事だとおっしゃいましたな。では、こたび同じような話が、一年近く経って再び聞こえてきたと？」

ただ一度きりで終わったことで騒ぎとなったなら、あるいはそれ以後も似たようなことが何度か続いていたならば、もっと以前に聊異斎や自分のところへすでに話が持ち込まれていたのでは、という問い掛けだ。

しかし、刀剣商は「いえ」と首を振った。

「と言われると？」

「春の出来事の後、先日まで何もなかったのは、確かに榊さまのおっしゃるとおりにございます。が、こたび起こったのは別なこと――向島に、鬼が出たのでございます」

鬼が、と繰り返した半四郎は思わず叶屋の顔を見たが、相手に冗談を言っている様子はなかった。居住まいを正し、軽く咳払いをして問い直す。

「鬼、というのは、頭に角が生え口から牙を剝き出しにした、あの鬼のことにございましょうか。季節をひと巡りして、新左衛門とか叶屋どのが仮の名を付けられた大工の棟梁の会った老爺が、正体を顕し暴れ始めたと？」

問われた叶屋も、わずかに姿勢を変えてから応じた。

「これは、手前が少々手際の悪い話し方をしてしまったやもしれませぬな。榊さまが誤解をなさるのもごもっとも。お詫びを申し上げなければなりませぬ」

それはよいのですが、と半四郎は話の先を促した。

「先に何ヵ月も前のことを持ち出したのは、そうした経緯があってのこたびの話だということを、初めに申し上げておきたかったからにございます。こたびの一件と、春先の出来事は、実際には関わりはないのやもしれませぬ。

なにしろ、新左衛門さんがご自身で『こういう目に遭った』とお話をされただけで、他にその場に居合わせた者は一人もおりませぬ。新左衛門さんの作り話だということも、あり得ぬことではないのでございますからな」

しかし、叶屋がこうやって口にしている以上は、新左衛門なる人物の人となりも勘案した上で、信ずるに足ると判断したということであろう。叶屋の眼鏡(めがね)に適(かな)ったのならば、別に特段の事実でも発覚せぬ限り、とりあえず疑う要はない。

そうした半四郎の心の動きを、表情だけで見て取ったのであろう。叶屋はわずかに頭を下げて感謝を示し、先を続けた。

「まあ、新左衛門さんのおっしゃったことが事実だとして、こたび鬼が人々に見られた場所と、新左衛門さんが一夜の宿を願った一軒家の場所が、ほぼ同じ辺りらしいという点が、あらかじめの話を差し上げた理由でした。

ですので、二つは全く別のことだったとしても、何らおかしくはないのでございますが」

「春先にその大工の棟梁が宿を求めた一軒家の場所というのは、はっきりしているのですか」

「いえ。なにしろ不案内な土地の、雪の夜道にござりましたからな。向島の、おそらくは北のほう、若宮村（わかみやむら）か寺島村（てらじまむら）の辺りではなかったか、というぐらいしか見当はついておりませぬ」

「では、こたび鬼が目撃されたというのが、その辺りだということ」

叶屋は、ゆっくりと頷いた。

「そう、お尋ねは、人に見られた鬼の様子にござりましたな——ちょうどよいところへ、お呼びしていたお方がいらっしゃっております。ここからは、そのお方にお話しいただこうと存じますが」

持ち掛けられて、若い浪人に否はない。「どうぞ、お呼びくだされ」と応じた。してみると、先ほど手代が主に告げていったのは、叶屋が今言及した者の到着だったのであろう。

叶屋が座敷の外へ向かって手を叩くと、手代が初老の男を一人伴って現れた。

男は、このようなところへ来るためわざわざ身につけたのか、羽織を纏（まと）ってはいるものの、あまり似合っているとは言えなかった。日に焼けて浅黒い肌には皺（しわ）が深く刻まれており、小前（こまえ）（富農ではない自作農）程度の百姓のように見えた。

「ご紹介致しましょう。こちらは、向島でお上の御用を勤めていらっしゃる、小市さんとおっしゃる親分さんでございます」

入口のすぐそばで膝を折った小市は、こればかりは岡っ引きらしい鋭い目でほんの一瞬半四郎を観察した後、きっちり頭を下げて挨拶した。

続いて叶屋から相手へ紹介された半四郎が口を開く。

「榊半四郎と申すただの浪人者にござる。御用聞きの親分に畏まられるような身分ではないゆえ、気軽に付き合ってもらいたい」

「へえ、畏れ入りやす」

軽く頭を下げた小市へ、叶屋が言った。

「親分、そんなところでは話が遠ございます。さぁさ、遠慮なさらずにどうぞこちらまで」

刀剣商が勧めているところへ、案内を終えていったんさがっていた手代が親分の茶を持って再び現れた。手代は、場の流れを素早く読んで、叶屋と半四郎が向かい合う間の位置に茶碗を置く。

「じゃあ、失礼さしていただきやす」

小市は膝を滑らせるようにして、置かれた茶碗の前に座を占めた。

「親分。今ちょうど、春先の話を終えてこのごろの騒動のことに移ろうかとしていたところです。この先は、お前様からお話しいただけますかな」

叶屋に水を向けられた小市は、「へえ、じゃあ、拙(つたね)えところはご勘弁いただいて」と前置きをして話し始めた。


若宮村の百姓吾助(ごすけ)が、婚礼の仲人(なこうど)を頼まれた両家へ打ち合わせのため顔を出して家に戻ろうとするころには、もうとっぷりと陽が暮れていた。もちろん、話だけして帰るなら、やることは決まっているしそうそう長いときは掛からない。

しかしながら、打ち合わせが終わって「ご苦労様です。さあ、ともかく一杯」と呼ばれると、もともと嫌いなほうではなし、「目出度(めでた)いことでもあるし無下にはできない」という言い訳も立つから、ついつい「じゃあ、ちょっとだけ」ということになってしまう。

そんな男が盃(さかずき)を持ってしまえば、「ちょっと一杯」で済むはずがない。気分が高揚している上、これから世話になる仲人相手の振る舞い酒となれば向こうも出し惜しみはしないということもあって、気づくと結構な酒盛りになっていた。

ともかく吾助がようやく腰を上げたときには、だいぶいい気分になっていた。真冬の冷たい夜風も、ほてった体には気分がいいものだ。

ふらふらと千鳥足で歩く自分の前に、ふと影が射した。

――こんなとこに、大きな木なんぞ生えていたっけか。

朦朧とした頭でそんなことを考えながら酔眼を上げると、目の前に人が立っているようだ。ご機嫌な吾助は、普段浮かべている仏頂面からは考えもつかないような愛想笑いで言った。

「こいつぁ道の真ん中を塞いじまって、どうも済いませんでしたね。なにしろ酔っ払ってるもんだから、勘弁しておくんなさいよ。へい、おいらぁ道の端ぃ歩こうとしてんだけど、どうも足の野郎が言うことぉ聞きませんでね」

言いながら、背中に弱い月の光を浴びて立つ目の前の大きな影を見上げる。

――しっかし、大えな。こんなとこに相撲取りでも来てんのかい。

相手は、吾助の詫びに返事をするどころか脇へ寄ろうともせず、ただ正面に突っ立って見下ろしているようだった。

――こいつ、おいらのことぉ馬鹿にしてんのかい。

酔っ払っているため、上機嫌から怒りへの感情の変化はすぐのことだった。その上、体格差などから本来覚えるべき恐怖心もすっ飛んでいるから始末に悪い。

「おい、お前さん。こっちが謝ってんのに黙り決め込んでるたぁ、どういう了見でえ」

吾助は酔眼を凝らして、相手をはっきり見定めようとした。こうなってしまった上は、喧嘩も辞さない構えである。

「？」

怒りが多少は酔いを醒ましてくれたのか、目の焦点が合ってくると、どこか違和を覚えた。

――なんだこいつ。何てえ着物を着てやがる。

薄雲の間を透ってきた月明かりだからはっきりとした色彩は判らないものの、ずいぶんと派手な色使いで奇妙な柄の着物を身に纏っているようだった――いや、着物だけではない。青白いのと赤黒いのの斑模様は、顔にも首筋にもあるようだ。

――こいつ、妙な化粧までしてやがる……。

と、雲が流れて月を見上げた相手の姿が、はっきりと目に映し出された。

「！」

胸から上に皓々と照らす月の光を浴びた相手を見て、吾助はそれが裸であることにようやく気づいた。

ブモモモゥ。

遠くで聞いた者は、斬りつけられたか火を押しつけられたかした牛が、悲鳴を上げたのかと思ったという。それは、吾助の目の前のモノが、胸を震わせながら上げた吼(ほ)え声だった。

地を揺らすような低音で、腰を抜かした吾助の腹にズシンと響いた。

呆気に取られた吾助は、尻と手足を地についたまましばらく身動きすることもできなかった。気づけば、あの大きなモノの姿はどこにもなく、あまりの驚きと恐怖に褌(ふんどし)を濡らしてしまった己がいるばかりだった。

「それが、鬼の姿にござりますか」

小市が話を終えて口を閉ざすと、半四郎は叶屋に向かって訊いた。

「吾助さんには、他に言い表しようがなかったようでございますな」

叶屋はそれだけ答えると、視線を送ってまた小市に話を任せた。

「へえ、吾助は真っ直ぐ立てぬほどに酔っていたかもしれやせんが、夢と真(まこと)を取り違えるような質(たち)の悪い酔い方は致しやせん。

相手は見上げるばかりに大きく、裸の全身も顔も、青白いところや赤黒いところが好き勝手に太くなったり細くなったりしてる縞々の斑模様、言葉を話さず牛が啼くような大声で吼える——あっしだってそんなのを目の当たりにしたら、きっと鬼だって言ったでしょうね」

「しかし、一応は人の姿をしていたと」

「少なくとも吾助が見ている間は、ずっと二本足で立ってたそうで」

「見たのは、その吾助という百姓一人だけか」

「それぞれ別なときと場所でやすが、他にも、若宮村や寺島村の辺りで、それらしい姿を目にした者が何人かおりやす。ですが、遠くの林の中を歩いていく姿がちらりと見えたとか、生まれてすぐの赤子を背負うた姉娘が、夕闇でろくに何も見えなくなる直前に道を横切るところへ出くわしたとか、あまりはっきりしたものはございやせんで。

先ほどの吾助が見たってえ話が、最も詳しい——てえか、ただひとつ、まともな目撃談てえヤツで」

「……吾助とやらは、酔っていても夢と真を取り違えることはないとのことだが、夜の闇の中のことだったのであろう。何かを見間違えたということが、全くないのであろうか。それで大騒ぎしたがために、皆がその気になってしまい、他にも出会ったと思うた者が出て、噂が一人歩きし始めたということは」

絶対にあり得ないとは言い切れないから小市は言葉を返さなかったが、その顔は
「まずそんなことはねえ」と語っていた。

叶屋が、とりなすように口を挟む。

「そうしたことを含めて、榊さまにはお調べいただけぬかということで」

若い浪人は、まだ納得していない。

「お話は、そのような異形（いぎょう）のモノを見た者が何人かいる、というだけにございますか。誰かが襲われたとか、獣にやられたとも思われぬ嚙み殺され方をした死者が見つかったとか、そういうことは起こっておらぬのですな」

「幸い、今んところは」

憮然（ぶぜん）と応ずる小市の返事を耳にした半四郎は、黙ったまま考え込んでしまった。

「榊さま、いかがでございましょうか。向島に住み暮らす者らのために、ひとつ骨を折ってやってはくださりませぬか。

今申し上げたとおり、まだ襲われたような者は出ておりませぬが、このまま放っておいたのでは、いつどのような大事が起こるか知れたものではござりませぬ。際野さまがいなくなって、つまらぬことに煩（わずら）わされているときではないというご事情は存じ

上げておりますが、それでも榊さまに乗り出していただけるとたいへん心強いのでござりますが」

叶屋は、小市の代弁をしているような口調で半四郎に願ってきた。

迷い続けるかと思われた若い浪人は、顔を上げて真っ直ぐ叶屋を見返した。

「もしお引き受けしたとしても、身共には向島での土地鑑もなく、探る手立ても持ち合わせてはおりませぬが」

「そのために、親分さんをお呼びしたのでございますよ」

叶屋の言に半四郎が小市を見やると、向島の岡っ引きはじっとこちらを見つめていた。

五

その晩、半四郎は叶屋の見世に泊まった。叶屋は小市にも泊まるか、せめて夕餉を一緒にと誘ったが、向島の岡っ引きは遠慮して帰っていった。浪人者とはいえ武家と同席しての食事を気詰まりだと思ったのか、あるいは富商の家自体に気後れしていたのだろう。

翌朝また迎えに来た小市に伴われ、半四郎は叶屋を出て向島へと向かった。

まずは吾助がその『鬼』と出会った場所へ案内するということだったが、しばらく歩いた半四郎は周囲を見回しながら立ち止まってしまった。

案内をする小市も、何ごとかという顔で足を止める。

視線を遠くの景色に向けたまま、若い浪人は言った。

「どこを見渡しても、田圃と畑ばかりだな。いろいろと案内してもらっても、これでは、それぞれどの辺りで起こったことになるのか、身共にはさっぱり見当がつかぬ――絵図面にでも起こすことを、考えぬといかぬか……」

これが山の中なら、生まれ育った土地でもあり、かつてのお役目もあったから、斜面の起伏や山の植生などからおおよその目安はつけられた。しかしこの向島では、平坦な土地である上に木々も似たようなものばかりで、たとえ同じところをぐるぐると巡らされたとしても、気づかぬのではないかと思うばかりである。

言われた小市は小さく頷く。

「こいつぁあ、うっかりしやした。後で、紙と矢立を用意致しやしょう。確かに、どこを見ても代わり映えがしねえでしょうから、慣れねえお人にゃあ判りづれえでしょうね。

そうですね、こんな田圃ばっかりのとこでも、大きなお社がいくつかありやすから、それを目印になすったらいかがでございましょうか。大川の土手沿いにゃあ、お諏訪様と白鬚様が、東っ縁の綾瀬川の手前にゃあ八幡様が、両方の川のちょうど中間にゃあ、お大師様がございやす。どのお社が一番近くで、どっちの方角にどれぐらいの遠さでそのお社が見えるかってこって区別なされりゃあ、ある程度の見当はつくんじゃねえかと思いやすが」

小市の思いつきに、半四郎も同意した。紙に落とし込んだ上で必要ならばもう一度実際の見た目と付き合わせれば、何とかなりそうな気はしてきた。

半四郎は静かに息を吸い込み、ついでのようにして言葉を足す。

「ところで、実際案内をしてもらう前に、親分の存念を訊いておこうか。それぞれの考えが違っておったのでは、うまくいくはずのものも不首尾に終わろうからの」

訊かれた小市は、戸惑い気味に言葉を返した。

「存念、とおっしゃいやすと？　叶屋さんがおっしゃったとおり、あっしゃあただ、旦那のお手伝いをするつもりでございました。別に、肚に一物あるわけじゃあありやせん」

固い表情になった小市へ、半四郎は淡々と言った。

「そなたの実(じつ)を疑(うたご)うたわけではない。気を悪くしたなら、このとおり謝る——身共が訊きたかったのは、叶屋どのや愛崎さんが、そなたにどこまでやれと申しつけたのか、それについてそなた自身はどう思っているのか、あらかじめ教えておいてほしいということなのだ」

相手を探る様子だった小市の表情が、わずかに動いた。

「ご存じだったんで……」

小市の正直な反応に、半四郎の表情も緩む。

「驚ろかされた者がいくらかいるだけで、他には怪我をした者一人いるわけではない。まずこのような話なら、正体を突き止めてくれなどと頼んでくる者は、どこにもいそうにないからの。

そうなると、この話を持ち込んできたのは、何も手につかずに茫然(ぼうぜん)としておった身共の尻を叩こうとした、叶屋どのか愛崎さんしかおるまいということになる。で、御用聞きであるそなたが出てきたところで、大元は愛崎さんだろうと見当をつけたという次第だ」

小市は「へえ」と応じただけだったが、半四郎の話の筋道の立て方に感心した様子が見えた。

「で、先ほどの問いだ。愛崎さんより、『榊が少しでもしゃっきりすればそれでよいから、しばらく付き合ってやってくれ』と求められただけなら、あまり親分に手間は取らせたくない。親分にも立場はあろうから、手助けいっさいを断るつもりはないが、愛崎さんらへ顔向けできる程度にお茶を濁してもらっても一向に構わぬぞ」

下駄（げた）を預けられた小市は、わずかに表情を引き締めて答えた。

「どうするかは、旦那――榊様のご様子を確かめた上で決めようと思っておりやした。榊様が肚ぁ割って話してくださるからあっしもそう致しやすが、いくら八丁堀の旦那に言われたって、当のご本人が箸（はし）にも棒にもかからねえようじゃあ、手伝いようがねえですから。

一方で、こたびのことぉあっしが気にしてたってえのも、嘘偽り（うそいつわ）のねえとこなんで。榊様のおっしゃるように、まだ誰が怪我したって話でもねえけど、そいでもともかく物騒な話だし、この先とんでもねえことんなっても、おかしかねえような気がしやしたんでね。

愛崎様からは、ただ『榊の思うとおりにやらせてやってくれ』としか言われちゃあおりやせん。ちょいと不審なモノが出たからって、八丁堀の旦那方がこんなとこまで駆けつけちゃあくれやせんから、あっしゃあ、愛崎様が『面倒ごとのうまい押しつけ先だ』ぐれえで榊様を巻き込んだのかと勝手に思い込んでましたけど、どうやらこいつぁ早合点だったようだ。なら、あっしもそのつもりで働かせてもらいまさぁ。何でもお申しつけくださいやし」

「あまり買い被られても、困るのだがな。身共は、主持ちだったころも探索御用などとはいっさい関わり合いがなかったからの」

「へえ、承っておきやしょう」

判断は、実際の働きぶりを見て自分でするとでも言いたいようだった。

「では、とりあえず、吾助が相手に出くわしたというところへ案内してもらおうか」

「へえ、じゃあ、こっちへ」

小市は、好々爺然とした外見をかなぐり捨てて、きびきびと歩き出した。

半四郎は、酔った吾助が『鬼』と鉢合わせをした場所をはじめ、通りがかりの馬方がそれらしいモノを見掛けた林、子守の姉娘が横切るところを見た道の全てを回って見分した。小市の説明よろしきを得たためか、当初懸念したほどにはそれぞれの位置関係の把握に困難を覚えなかった。

さらに小市は、若い浪人を吾助当人にも会わせた。酔ったときの行動について小市から聞いたときの印象とは異なり、吾助は口の重いもっさりとした男だった。

　半四郎から問い掛けられても、満足に返事もしない。同じことを小市に訊かれると、ようやく言葉が一つか二つ返ってくるという有り様だ。結局、小市が喋るのにただ頷いている姿を見たのがほとんど、ということになった。

「あの男、身共のような者がいたために、あれほど口が重かったのか」

　吾助の家を後にしてから、半四郎が小市に訊いた。あんな無愛想で仲人が勤まるものかという疑念あっての問いだ。

「いえ、百姓のうちの半分ほどは、いつもあんなもんで」

「それでは親分は、どうやって聞き出した。酒でも飲ませて、口を軽くしてやったのか」

　ちらりと半四郎を見返した小市は、苦笑を浮かべた。自分の調べに疑いを持たれたようで気分が悪かったが、まともにものも言わない吾助の様子を目にした直後では、仕方がないと思い直したのだった。

「そんな手間も金も掛けませんや。なぁに、あんな男でも、嬶や近所の連中相手にしたときゃあ、人が変わったように舌が動きやすんで。

　あっしのような御用聞きにも気後れせずに話してくれる者を選びゃあ、何とか聞きてえことが手に入れられますのさ」

半四郎は、納得したのかただ頷いていた。

「で、これからどうなさいます。皆の話に出てきたような化け物なら、そうそうどこにでもいられるってもんじゃやねえ。怪しそうなところを、片っ端から探して歩きやすかい」

水を向けられた若い浪人は、向島の岡っ引きを見返した。

「そういうところは、親分も気をつけて手下に見回らせたりしておるのではないのか」

「へえ。やってはおりやすが、今んとこ、どこもそれらしい当たりはありやせんで」

返答を聞いた半四郎は、しばらく考える顔になった。半町（五十メートル強）ほど行ったところで視線を上げ、「親分」と声を掛ける。

「へい」

「叶屋どのは、こたび『鬼』が頻繁に見掛けられるようになったことと、一年近く前の人食い鬼らしき者の住まいから大工の若い棟梁が逃げ出した一件はつながりがあると思っておられるようだが、そなたも同じ考えかな」

小市は、「そいつぁ」と口ごもった。

「どうやら、諸手(もろて)を挙げての賛成はしかねているようだな」

榊様には敵(かな)わねえ、と頭を掻(か)いて、言い訳を口にした。

「そいつぁ、あっしが叶屋さんたぁ違って、その大工の棟梁ってお人を知らねえからでしょうよ」

岡っ引きの返答を聞いて、意外な思いが口に出てしまう。

「親分は、その男に会ってはおらぬのか」

「へい、あっしがその話を耳にしたときゃあ、肝心の相手が死んじまってまして。何でも、風邪っぴきなのを無理に普請場へ出て、しかも、よしゃあいいのに屋根の上まで上がって落っこったって聞いてまさぁ」

「そうか……」

叶屋のことは一応以上の信用はしていても、自分の目で確かめない限り、又聞きを鵜呑(うの)みにしたりはしない、ということであろう。

が、それはお上の手先、探索方としてのものの見方だ。素人(しろうと)の半四郎なら、お堅い考え方に縛られなくてもいいはずだった。

「親分、身共は叶屋どのの人を見る目を信ずるゆえ、まずは亡くなった大工の棟梁が春先に遭遇したと語った出来事を、真実だったとして扱う」

小市は、異論がありそうな顔をしている。

「もし親分が探索の玄人（くろうと）として、そんな回り道をする前にやるべきことがあるというなら、言うてくれ。身共は、どこをどう進めてよいやら、探索の道筋を探しあぐねているという前提でものを言うておるからな」

そう断りを入れられると、述べるべき意見がないことに改めて気づかされる。小市が八丁堀の旦那方にお指図を願いたかったのは、自分一人の調べがどん詰まりに行き当たっていたからだった。

「へえ、それで、どうなさいやす」

このまま手をつけかねているよりはましと、小市は己を殺して指図を乞うた。

「大工の棟梁が泊まりそこねた人食い鬼の住処（すみか）がどこかは、逃れ出た当人も憶えてはおらなんだということだったな」

老練な岡っ引きは、相手の言わんとしていることに先回りして答えた。

「あっしらだって、その棟梁の話を相手にしねえでうっちゃってたってわけじゃあねえんで。それらしいとこは、ざっと当たってまさぁ。

でもね、ここだってとこは一つも出ちゃあきませんでした。もっとも、虱潰し（しらみつぶ）に探してったわけじゃあねえから、見落としてるとこがあるかもしれませんけどね」

全部最初から、しかも細大漏らさずとなると、たいへんな手間となる。もしこの榊という浪人がそんなことを言い出したら、断るよりあるまいと肚を決めた。

――叶屋たぁうまくいかなくなるかもしれねえが、そいつぁ仕方がねえ。愛崎の旦那なら、きっちりお話しすりゃあ判ってもらえんだろうさ。

頭の中でそんなことを考えていたが、目の前の若い浪人は自分が案じていたよりものが判っている態度を示してきた。

「そうか、親分が当たらせて引っ掛かってくるものがなかったなれば、探しても無駄であろうな。ましてや、一年近くも前のこととなると、なおさらだ」

そう言いながらまだ考え事をしているふうだった若い浪人は、「でもな」と言い出した。

「人食い鬼だと思われた老爺は、一夜の宿を頼んだ大工の棟梁のために、夕餉の食べ物を乞いに近くの農家へ出掛けたということであったな」

「へえ……そんな話でしたね」

「雪の降る夜に、突然食い物の用意を頼みに行くのだ。目算あってのことだとは思わぬか」

「……確かに、そうかもしれねえ」

半四郎の言わんとしていることが、小市にも判りかけてきた。構わずに、若い浪人は自分の推量を押し進める。

「つまりは、老爺には世話をしてくれるような隣家が、少なくとも一つはあった。隣家とはいえ、すぐ近くとは言えぬようだがな――そっちのほうから探るという手立ては、なかろうか」

小市は、目の前が急に開けたような気がしていた。

「いや、爺さんの風体まで判ってるこったし、無駄なんかじゃねえ。畜生、なんでそいつに気づかなかったか」

自分の間抜けさ加減に、舌打ちしたくなっていた。

実際に人食い鬼かどうかはともかく、そう思われた老爺は隠棲しているため、当人を捜そうと思うならその住まいを直接見つけ出すよりない。しかし、老爺を世話していた百姓がいるなら、そちらのほうはよほどのことがない限り自分の世話する老人のことを隠そうなどとは思わないはずだから、世間話の俎上に載せていることが十分考えられた。

つまりは、「こんな老爺を見なかったか」という問い掛けでは当たりはなくとも、「こういう老爺の世話をしていたという百姓の話を聞いたことはないか」と問えば、また展開が違ってくるかもしれないということだ。世話をした百姓が見つかれば、当然、目当ての老爺まで辿り着くことが期待できた。見つけられる可能性は、これで格段に広がったことになる。

「では、そのつもりで手配りをしてもらえようか」

「へいっ、任せておくんなさい」

猟犬の本能を焚きつけられた岡っ引きは、勇んで返答した。

六

火附盗賊改方は、御先手組や御弓組の組頭が兼任で勤める役職だ。そのため、兼任を意味する加役と呼ばれることもある。その火附盗賊改方建部大和守の配下である中原玄蕃の住まいは、牛込御門外酒井家下屋敷の裏手、もともとの中原の身分である御先手同心組屋敷の中に置かれていた。

子飼いの手先を失いながら仇を取ってやることもできず、手足となって働く者たちに示しがつかなくなった中原は、当時その現場にいた榊半四郎へ罪を着せる形で真相を糊塗することによって、己の人望を回復しようとした。しかし、無理矢理の捕縛がお頭である大和守様の知るところとなり、怒りを買った中原は、遠慮を命ぜられ己の屋敷で身を慎む日々を送っている。

失意に虚しい日々を送る中原の許を、夜が更けてから訪ねてくる者があった。裏の台所から戸を叩いた男は、加役の手先を勤める男たちの中でも、皆から一目置かれている仁伍だった。

家人に命じて仁伍を座敷へ上げた中原は、わずかに遅れて顔を出した。

「そなたが訪ねてくるとは、思わなんだぞ」

中原は、向かい側で膝をそろえる手先へひとこと言ってから自分も腰を下ろした。腕っこきの同心として咎人を何人も挙げていたころと比べると、人が違ったような穏やかな言い方だった。

「へえ。それより旦那、あっしのような者を座敷まで上げていただいて、畏れ入りやす」

普段見ていたときよりずっと畏まっているのは、それが理由のようだった。

中原は、苦笑しながら答える。

「まさかに謹慎中の身で、庭先へそなたを据えて話を聞くわけにもいくまいから の――それで、勤めを遠慮しているおいらに、何の用だい」

ようやくいくらか、普段の伝法な口調が戻ってきた。

「ちょいと、耳寄りな話を持ってきやした」

「ほう、おいらにかい」

中原は、肚の底を探ろうとする目で仁伍を見た。

半四郎の捕縛に伴った手先がこの男だったのだが、汚名返上をはっきり口に上せて供をさせている。結果が無罪放免で却ってこっちがお叱りを蒙ったとなると、仁伍も中原に顔を潰されたと考えていてもおかしくはなかった。

――それが、なぜおいらんとこへ手柄話を持ってくる……。

含むところがあるのではないかと疑って、当然だった。

謹慎中の身だから、部屋の灯りはいつもよりわざと暗くしてある。目つきや表情から自分の疑いが相手に伝わることはなかろうが、逆に、中原も仁伍の顔色から内心を読むことができずにいた。

へい、と頷いた手先へ、謹慎中の同心は真っ直ぐ問うことにした。今さら体面を取り繕おうにも、己の醜態はもうすっかり知られてしまっているのだ。

「なんで、浮かび上がる気配もねえほど落ち目のおいらなんぞに、話を持ってきた。ホントにいい話なら、飛びついてくる与力同心が他にいくらでもいるだろうによ」

仁伍は、上目遣いに中原を見上げる。

「他のことならそうしてるとこですが、こいつぁ、旦那にしか用のねえ話なんで」

「おいらにしか用がねえだって?」

「へえ——あの、榊って浪人者のことでさぁ」

名を聞いた途端、中原は火傷(やけど)するほど熱い物にでも触れたように、さっと身を引いた。

「そんな話やあ、聞きたくもねえ。とっとと帰っつくんな」

榊半四郎は、中原にとってまさに疫病神(やくびょうがみ)だった。あんな男に関わりさえしなければ、手先どもの信頼を失うことも、羽振りのいい——袖の下がたんまり期待できるというだけでなく、出世も見込めるという望外の仕事を、取り上げられてしまうこともなかったのだ。

仁伍は、まあまあ、と中原を宥めてくる。

「あの若造、化け物退治だか何だか知らねえが、建部様の仮牢から放免されたのをもっけの幸いとばかり、大え面(でけ)してやりたい放題ですぜ」

中原は苦い顔で応ずる。

「……罪はないとされたのだ。お上の法に触れておらぬ限り、何をやっておっても手出しはできぬわ」

「へえっ。鬼だの化け物だの、有りもしねえもんで大真面目に商売してもですかい。そいつぁ、世間を騒がせるとか謀って不届きな所業になるんだとばっかり、あっしゃあ思ってやしたけどね」

——田沼様の息が掛かった者なれば、鬼だろうが化け物だろうが、騒ぎ放題よ。あるいはもしかすると、豊臣家の残党だなんぞと世間を騒がすようなことぉ抜かしたって、見て見ぬ振りをされんじゃねえか。

心の中で独りごちたが、さすがに口には出さない。そうでなくとも、あの浪人者を捕縛した途端しゃしゃり出てきた田沼様の用人に、嫌というほどやり込められているのだ。

毒蛇が飛び出してくると判っている藪を突くほど、中原は馬鹿でも無鉄砲でもなかった。

「旦那ぁ。建部様配下随一の切れ者と謳われた旦那が、いってえどうしちまったんです。たった一度痛え目見ただけで、意気地のねえ餓鬼みてえにすっこんじまうんですかい」

人の気も知らぬげに焚きつけようとする仁伍を、強く睨みつけた。

「そなた、なぜそれほどまでにあの浪人者にこだわる。何があったか詳しくは知らずとも、下手に手を出せば大火傷をすることぐらいは気づいておろうが」

「ご老中の田沼様ですかい」

問われた仁伍は、それまで浮かべていた薄笑いを消した。お上の手先に多い元悪党という出自を顕わにするような、太々しい面構えになる。これこそ、仁伍本来の顔であろう。

「そなた、それをどこで……そこまで知っていながら、まだ何かやろうと抜かすか」

「なぁに、田沼様の御用人が夜中に建部様のお役宅を訪ねてらして大騒ぎになったら、こっちの耳に入らねえのがおかしいぐれえだ――『そこまで知っていながら』、ねえ。ご老中なんぞと言われても、あんまり雲の上すぎて、恐えとも思いませんや」

言葉を失った中原に続ける。

「金平の仇ぃとってやるなんぞと旦那に言われて、その気ンなってあんな浪人者のとこへホイホイ出掛けてったのが、あっしの失敗りだ。お蔭で、旦那ばかりでなく、あっしまで貧乏籤引く羽目になっちまった。

旦那。このまんまじゃあ、あっしも手先仲間ン中で示しがつかなくなっちまってるんですよ。牢にぶちこんで責め殺すなぁ無理にしても、何とかあの榊って野郎をギャフンと言わせねえと、仲間内で顔が立たねえんでさぁ」

ようやく立ち直った中原は、膝を崩して胡座をかくと横を向いた。こうすると、まるで仁伍と変わらぬ無頼の徒のように見える。

「へっ、おいらの口車に乗ったなぁ、お前もおいら同様焼きが回っちまってたってこったろう。いまさら悪足掻きしたって、どうにもならねえぜ」

が、悪党ぶりでは仁伍のほうが板についていた。同心の悪態なぞものともせずに、ズイと身を乗り出してくる。もはや、同心と手先の上下関係など無視した、開き直った態度だ。

「そんなことぉ言ってて、いいんですかい。旦那ぁこのまんまじゃ、お役御免になって、ずっと組屋敷で燻ることになんじゃねえですかい——ああ、無役ンなって、小普請組の組屋敷へお引っ越しかもしれねえね。

今までぁ、肩で風切って町ン中歩いてるだけで、いろんなとっから余禄が入ってきたのに、小普請になっちまうと役料が入らねえだけじゃあなくって、小普請金ってえお上への上納金まであるんですって？　これまでみてえな贅沢な暮らしじゃあ、とってもできませんね。今のうちに、お内儀様にお覚悟を求められたほうがいいんじゃねえですかねえ」

中原は、言いたい放題並べる仁伍を、殺意の籠もった目で見据えた。

「好き勝手を言いおって。今さらジタバタしたところで、これ以上悪くなることはあっても、良くなる目など一つもあるまいが」

「そんな目がある、って言ったら」

中原は相手にならず、吐き捨てた。

「馬鹿を申すな。おいらぁ、お前なんぞに嗾（そそのか）される、猪武者（いのししむしゃ）じゃねえぜ」

仁伍は、グイと身を乗り出した。

「いいですかえ、今の旦那ぁ、言っちゃあ悪いが、ご自身でおっしゃったとおりもう絶体絶命で虫の息ってとこだ。たぁだ当たり前のことぉやってちゃあ、とっても浮かぶ瀬なんぞあるわきゃあねえ。

だったら、一（いち）か八（ばち）か賭けに出なすったらどうです。どうせこのまま大人しくしててもジリ貧なんだったら、死んだつもりんなって討って出るべきでやしょう」

「十中八九（じっちゅうはっく）勝ち目がなくとも、残り一分の目があるなれば、そうも言えよう。が、百回やって百回ともかならず失敗るのでは、ただいたずらに己の命を縮めるだけ。それは賭けではなく、犬死にと申すのだぞ」

「あっしだって、手前の浮き沈みが懸かってるんだ。旦那を嵌めて遊んでる暇なんぞ、ありゃしませんや。

　こうやってわざわざ面ぁ出したなぁ、たとえわずかでも勝ち味があると思ったからだ——まぁ、しばらく黙ってお聞きなさいな」

　仁伍は、取り合おうとしない相手の注意を強引に自分のほうへ向けた。

「あの浪人者は、今度ぁ向島のほうで、何やらやらかしてるようだ。どうせあいつのこったから、とうていまともなことじゃあねえでしょうけどね。

　そこで、旦那の出番だ。あの浪人者が幽霊だの化け物だのって騒いで百姓町人どもを嚇かしてるとこで、旦那があいつの化けの皮を剝がしてやりゃあいい。なぁに、田沼様が後ろに控えてるったって、あんなお偉いさんでも、榊って野郎のまやかしに誤魔化されてるだけでしょう。実はただの山師（イカサマ師）だって判っちまえば、榊の野郎はあっさり見捨てられまさぁ。

　そうしたら建部様だって、いつまでも旦那のことぉ憎くお思いになり続けるわけがねえでしょう。『よく我が目を開かせてくれた』って田沼様から感謝のお言葉をいただいて、却って旦那の覚えも目出度くなるかもしれねえって寸法だ」

　全く気をそそられなかったといえば嘘になる。しかし、本気で実現できるとはとうてい思えず、中原は首を振った。

「たとえそなたの言うとおりまやかしだったとしても、あの田沼様をも誑かすほどの凄腕だ。ちょいと出ていってすぐに見破るなんぞ、できるもんじゃねえやな」

諦め顔の中原へ、仁伍はニヤリと笑ってみせる。

「何も、見破れなかったら見破れなかったでいいじゃねえですかい——証さえきちんとでっち上げてあれば、それでいいんでしょう。旦那の、得意技だぁな」

「仁伍、そなた……」

「いいですかい、こたびあいつが化け物だか何だか相手にしようとしてるなぁ、向島ですぜ。この四谷牛込界隈でもなきゃあ、神田日本橋でもねえ。江戸もはずれのはずれ、田圃と畑ばっかりで、ろくろく人の姿もねえとこだ。どんな乱暴な始末のつけ方したって、悪い噂が田沼様や建部様のところまで届くなんてこたぁ、ありゃしませんや」

たとえそうだとしても、万が一バレたときのことを考えると、やはり危険が大きすぎる。

「だけど、こっちゃあ謹慎の身だ。こっからはるばる向島へ行くなんてまねぁ、とってもできねえ」

「向島なんて、遠いとこだからいいんですよ。これが江戸の真ん中じゃあ、目立って仕方がねえ。それに、旦那に出張っていただくなぁ、辺りが暗くなってからだ。なにしろ、榊の野郎が相手にしてるなぁ、化け物ですからね。
なぁに、段取りは、みんなあっしのほうでつけまさぁ。旦那にゃあ、最後のここぞというところで出てきてもらえりゃいいんだ。身を慎めって建部様のご下命にゃあ形の上では逆らったことんなるが、それもこれも、天下のご老中が山師に騙されんのを防がんとしたため、旦那が身を賭して正義のために立ち上がったとなりゃあ、田沼様から文句が出るはずもねえし、建部様にもお判りいただけますって」

仁伍が懸命に説き伏せようとしても、中原は動かない。

「旦那、お覚悟を決めなさるときですぜ。今を逃しゃあ、こんな好機は二度とねえ。そいつを、お判りになってるんでしょうねぇ」

心の中には、いまだ葛藤がある——しかし、中原の中で首を横に振るという選択肢は、もう残されてはいなかった。

七

いったん叶屋の見世へ引き上げていた半四郎の下に小市から報せが届いたのは、二日後のことである。半四郎は、小市の下っ引きの乙介という若者に案内されて向島に戻った。

半四郎と落ち合った小市はまず頭を下げて礼を言い、その次に言い訳を口にした。

「旦那のおっしゃってたとおりでやした。こんなとこへ一人で住み着いた、むさい爺さんの世話ぁ焼いてた物好きがいるって話ゃあ、その気んなって探すとすぐに耳に入ってきやしたんで――だけど、この辺りも若い者に聞き回らせてたんですけどねぇ、なんでそんときに引っ掛かってこなかったのか……」

小市の愚痴に、半四郎は口を出さなかった。乙介をその場から帰して、二人で目的の農家へ向かう。小市によれば、一応自分の田畑を持った、小前の農家であるということだった。

訪れた先では、中年の百姓が一人、田畑の荒起こしの前に、備中鍬などの農具の手入れをしているところだった。矢造という人のよさそうな農夫は、小市の問いへ、自分が近所の独り住まいの老爺の世話をしていたことを、あっさりと認めた。

「世話っつっても、頼まれたときに手ぇ貸すとか、そんな程度だったけどね」

矢造は、砥石やたらいを前に座り込んだまま、顔を上げて二人に答えた。

「で、そいつぁどこに住んでるんだ」

小市が勢い込んで訊く。

「今、どこに住んでるかって言われてもねぇ」

困惑げな顔をしている矢造へ、嚙みつきそうな小市の腕を押さえて、半四郎が穏やかに問うた。

「どこに住んでおるか知らぬということは、今はもう、そなたが世話をしていたところにはいないということか」

「へえ、ありゃあもう、一年ぐれえ前になりますかねぇ。夜中に急にやってきて、晩飯の余り物があったら分けてくれろっつうんで、うちの嬶が急いで握り飯にして持たせてやったんだけど、その後ぁぱったり姿を見せなくなっちまって。

気んなって何日か後に様子見に行ったら、どこへ失せたもんか、もう居なくなってましたのさ」

若い浪人と岡っ引きはちらりと顔を見合わせた。矢造の言うことを信ずるなら、一夜の宿を借りんとした大工の棟梁が逃げ出してからすぐに、姿を消したことになる。

「で、そなたが世話をしていた老爺だが、どこの誰なのか、そなたは存じておるのか」

問われた矢造は溜息をついた。自分の前に佇む二人を見比べながら、逆に問うてくる。

「賎翁さんが、何かしましたんで」

「賎翁と申すのか――いや、少し尋ねたいことがあって、捜しておるのだ」

半四郎の答えに、矢造は訝しげな顔をした。若い浪人は、余計な警戒をされぬよう言葉を添える。

「そなたの申した、一年近く前のことだ。この辺りで道に迷い、折悪しく雪まで降ってきて難渋した大工の棟梁が、独り住まいの老爺の家に泊めてもらってな。老爺は、棟梁のためにどこぞへ食い物を調達に出掛けたそうな。してみると、それがそなたの申す賎翁どのらしい。

棟梁は、どこの誰だったかはっきりとは憶えておらなんだが、どうしても礼がしたいということでな、身共が頼まれて親分に手伝ってもらい、こうやって捜しておるというわけだ」

矢造は昔を思い出す顔になって、「そういやあ、あの晩は雪が降ったっけなぁ」と呟いた。

「ところでその賎翁どのはいなくなったそうじゃが、もともとどこで何をしていたお人なのか、知っておろうか」

半四郎の受け答えに警戒心を緩めた矢造は、「ありゃあ、気の毒な人でねぇ」と溜息混じりに応じ、立ち上がった。

「畎翁さんのことを聞きてえなら、ちょいと長話になる。むさっ苦しい家だが、縁側にでも腰を下ろして話しませんかね」

そう二人を誘って、母屋のほうへと足を向けた。

「畎翁さんは、昔はなんて名乗ってたか忘れたけど、深川のほうでそれなりに手広く商売なすってたお人でねえ」

家の中にいた嬶に言いつけて白湯を出させると、自分も茶碗を手にした矢造はゆっくりと話し出した。

「畎翁さんはおかみさんを早くに亡くして、子供は一人っきり、その娘さんを目に入れても痛くないってほど可愛がってらした。俺は生きてる娘さんを直(じか)に見たこたぁなかったが、そりゃあ美しいお人だったそうな。その娘さんのことぉ清姫(さやひめ)様って呼ぶ者もいたっていうから、畎翁さんは、もともと武家の出なのかもしれないね。

畎翁さん——そのこらぁ、ナニナニ屋さんて別な名前だったろうけど、ともかくその畎翁さんは商売も繁盛(はんじょう)、娘さんも病一つなく健(すこ)やかに育って、幸せ一杯にお暮らしなすってたのさ」

　そこまでは昔を懐かしむように語っていた矢造が視線を落とし、声の調子も低くなった。

「ところが、好事魔多しっていうのかねぇ、その可愛がってた娘さんが、突然いなくなっちまった。拐（かどわ）かされたとか、悪い男に騙されて連れ出されたとか、噂はいろいろ立ったようだけど、本当は何があったのか、俺は知らねえ――お上の御用を勤めていなさる親分さんなら、御番所にお尋ねすりゃあすぐに判んだろうけどね。

　ともかく、娘が何の前触れもなく不意にいなくなっちまったてえこって、畎翁さんは血眼（ちまなこ）んなって捜し回ったそうだ。大勢の人を手配りして、四方八方手を尽くしたけど、それでも見つからねえ。

　すると、畎翁さんは繁盛してた見世をあっさり手放しちまった。『娘のためにここまで頑張ってきたんだ。その娘がいなくなったのなら、続けていても仕方がない』ってね。見世ぇ売った金はみんな、娘を捜すのに注ぎ込むつもりだったようだね。

　だけど、そこまで身の回りをきれいさっぱり整理して、『さぁ捜すぞ』って気合いを入れ直したちょうどそのときに、あっさり娘さんは見つかった――見つかったなぁよかったけど、もう生きちゃいなかった。それも、無残な姿になっちまっててね」

矢造は、手にしていた湯呑を持ち上げ、温くなった白湯を啜った。風が冷たくなってきたような気がしたのは、矢造の話の中身にも関わってのことかもしれなかった。

「清姫さん――娘さんが見つかったのは、この向島だ。当時はだいぶ大騒ぎになったから、親分さん、あんたも憶えていなさるんじゃねえのかい」

視線を向けられた小市は、眉を顰めてわずかに考えた後、大きく目を見開いた。

「清姫って名をどっかで聞いたことがあると思ったら……でも、ありゃあ三十年も前のことじゃねえのかい」

ああそうだ、と矢造は頷いた。半四郎が問いを発する。

「それからずっと、畉翁はこの近所に住んでおったのか」

「いや、娘さんの一件の後、長いこと姿は見なかった。近くに越してきたと知ったなぁ、三、四年ぐらい前のことじゃなかったかね――話が飛んじまった。ともかく、娘さんが亡くなったとっから、順を追って話していこうか。もっとも、こっからはそんなにたくさんは話すこともねえんだが……。

ともかく、娘さんは向島で死骸になって見つかった。逃げ出して行き倒れにでもなったか、あるいは乱暴されて捨てられたか、ともかく酷い有り様でね――親分さん、お前さん、知ってたんなら、どんなふうだったかも憶えていなさるだろう」

「ああ。確か、野犬に食い散らかされてた。あっしもまだ若かったから、あの後ぁしばらく飯が喉を通らなかったよ」

「そのような様子で、吠翁の娘だということは判ったのか」

「ええ、着物が確かに娘の物だってこともあったんですが、左の二の腕が、どういうわけか食われもせずにそのまんま残ってまして。その腕の黒子(ほくろ)でも、確かに当人だと確かめられやした」

　小市の返答に、矢造が補足する。

「つまりゃあ、残った腕の黒子で確かめねえと、誰だか判らねえような有り様だった」

　痛ましそうに語る姿からは、当時矢造もその場に居合わせたことを思わせた。

「吠翁さんは、当たり前だけど、たいそうお嘆(なげ)きになってね。誰も、まともにゃあ見てられないほどだった。

　それからしばらくは、吠翁さんは弔(とむら)いもせずに娘さんの死骸が見つかったとこに張り付いちまってね。少しでもこんなところに残したら可哀相だって、小さな骨の欠片(かけら)の一つまで、地を這(は)うようにして探していなさった——そう、ほとんど野宿してたようだ。

雨が降ろうが、娘さんの死骸を食い散らかした野犬がその辺をうろついてようがお構いなしだ。そんなことをしてたらあんたも死んじまうって、いろんな人に意見されても、聞く耳なんぞ持ちゃしねえ。仕舞いにゃあみんなに呆れられちまって、誰も呟翁さんにゃあ寄りつかなくなった。可哀相にあのお人も、おかしくなっちまったって言ってね」

「そんなとこまで知ってるってこたぁ、あんたはずっと見てたのかい」

岡っ引きの問いに、矢造は悲しげな目を向けてきた。

「娘さん——清姫さんの死骸を誰が見つけたか、親分さんは憶えてるかね」

「ああ、確か、野っ原で遊び回ってた近所の餓鬼どもだったはずだ」

「そん中に、俺もいたのさ。まぁだ十になったかどうかぐらいで、親の手伝いさせられるのが嫌で嫌で堪らなくてね。親父に見つからないようにそっと抜けだしちゃあ、同じ年ごろの友達連中と鬼ごっこだの蜻蛉釣りだのして駆け回ってたんだ。

それが、『どうも臭え、こりゃあ肥の臭いたぁちょいと違う』なんて言い出した者がいて、みんなで探し回ってあんなのを見つけちまった。

そりゃあ、仰天したさ。友達ん中にゃあ、げえげえ吐いてる奴もいたが、俺はそれどころじゃなかった。あんまり驚いちまったもんで、つっ立って目は見開いてたけど、ありゃあ引き付けでも起こしてたんじゃなかったかね」

懐かしげな述懐に、苦笑が混じる。

「ともかくだ、俺がぼうっとしてるうちに、友達の中でも一番しっかりした奴が、親に知らせようと駆け出してった——そっからぁ、上を下への大騒ぎさ。なんだかやたら怒られたような気がするけど、何がどうなったのかはっきり憶えちゃいねえ。まだ、十ばかりの餓鬼だったしな。

次に憶えてんなぁ、誰も見向きもしなくなった後も、一人で野っ原を這いずり回ってた畎翁さんの姿だ。芒（すすき）だの笹藪（ささやぶ）だのの葉っぱの間から見えてたのが頭にこびりついてるから、たぶん俺はそっと隠れて、おかしくなったたって噂の大人を見てたんだろうね。

で、誰も相手にしなくなったって言ったけど、それでも中にゃあ気の毒がる人もいてな、寝食も忘れてただ地べたを這いずり回ってる畎翁さんのとこへ握り飯なんぞを持っていって、無理にも食わせてたような人もいたんだ——俺のお袋も、そんな一人だったのさ」

矢造は、手の中の湯呑が空になっていることに今気づいた顔で、縁側に腰掛ける自分の脇へ置いた。そこからの語り口は、話に鳧（けり）を付けようとするかのようにいくぶん早口になった。

「畉翁さんの姿が向島から消えるまで、どれぐらい日にちが経ったのか俺は憶えていねえ。ずいぶんと長いこと粘ってたような気はするが、なにせ子供のことだから、ときの経つのがたぁだ遅かっただけかもしれないね。いなくなる前に、誰かと話して得心したのか力尽くで追い出されたのか、あるいは自分で見切りをつけて立ち去ったのかも、子供の耳にゃあ聞こえてこなかったよ。

それから、二十年以上も畉翁さんを見ることたぁなかった。俺も、長い年月の間にみんなすっかり忘れていたさ。それが、三年か四年くらい前、急にここを訪ねてきなすった——そりゃあ、二十何年も経ちゃあ人はすっかり変わるもんだし、俺だって人のことは言えねえけど、戸口に立ったお人を見ても俺は誰だか全く判らなかったね。『二十五年だか六年だか前に、娘のことでえらくお世話になった者だ』って言われて、ようやく思い出したけど、それでも正直をいうとあのとき娘を亡くした親父さんと同じ人だたぁ、今でも思えねえほどだ。たぁだ腰が曲がったとか皺が増えたとか、そんだけじゃなかったからな。あれからどういうふうに生きてきたのかは知らねえが、ずいぶんと苦労なさったんだとは思うよ。

畉翁さんが訪ねてきたのは、俺のお袋のとこだったけど、親父もお袋もだいぶ前に死んじまっててね。畉翁さんは、仏壇の前でずいぶんと長いこと手を合わせていなさった。近くに住むようになったって話を聞いたのも、そのときだ。畉翁さんは、ときどき俺のとこから米だの野菜だのを買ってくようになったのさ。それなら、俺らにとっても大切なお得意さんだ。たまに飯の用意をしろって言われるぐれえは、喜んでやってやったよ。そうやって、一年ほど前の雪の晩に作ってやったのが、畉翁さんを見た最後ってことだ」

矢造は、ようやく長い話を終えた。

「米や野菜をお前さんから買ってたってこったが、だいぶん小汚ねえ格好してたらしいのに、金は持ってたのかい」

小市の問いに、矢造はすんなり答えた。

「ああ、こっちが遠慮しても、毎度毎度過分なぐらいに置いてったよ――昔ゃあ裕福な商人だったたって知ってたから怪しみもしなかったけど、何か悪いことでもして稼いだ金だったのかい」

不安げに問い返してきた相手へ、岡っ引きは首を振る。

「いや、特段そんな話が出てるわけじゃねえ。たぁだ、畉翁ってお人の様子が知りたかっただけさ――米や野菜を求めてきた代金を受け取っただけなら、もし何かあったときでも、お前さんがどうこう言われる懼れはまずねえから安心しな」

そう応じた小市は、ちらりと半四郎のほうを見た。何か訊きたいことはあるかという顔だ。してみると、小市も周辺の事情は聞き終えたということのようだった。

すると残るのは、肝心の問いだけだ。半四郎が、その問いを口に出した。

「畎翁がいなくなってしばらくしてから様子を見にいったということだったな。すると、住まいがどこだったかは知っておるのだな」

「ええ。俺も含めてあんまり人には知られたくないようで、こっちから訊いても言葉を濁してたんですけど、そりゃあ住んでるのが二年も三年もとなってくりゃあ、ほとんど出歩かなくっとも見掛けるこたぁありますからね。

林んなかに穴でも掘って住んでりゃあ別でしょうけど、ちゃんと家で暮らしてりゃあ、そりゃあ判りまさあ、空き家だったとこでも、今は誰か住んでるなってことも、何遍も前を通りゃあ気づきますしね」

「空き家に入り込んでおったのか」

「いや、よくは知りませんけど、きちんと借りたか買ったかしたんじゃないですかね。いなくなってから見にいったときゃあ、もう蛻（もぬけ）の殻（から）だったんですけど、そのうちにその家の前を通ったら、すっかり取り壊されて跡形もなくなってました」

「それで、住処(やさ)ぁ捜させたときに、こっちの調べにゃあ引っ掛かってこなかったのか」

小市が、舌打ちしそうな顔で呟いた。視線を上げて矢造を見る。

「で、吠翁って爺さんが住み暮らしてた家は、どこに建ってたんだい」

八

矢造から口頭で伝えられただけで、小市には場所の見当がついたようだった。礼を言って別れ、二人は教えられた場所へ向かった。

「それにしてもあの野郎、いけしゃあしゃあと――いやね、あいつんとこにゃあ、あっしの子分が話ぃ聞きにいってるはずなんですよ。そんときゃあ、知らねえふりしてすっ惚(とぼ)けやがって、こっちが尻尾(しっぽ)ぉ摑(つか)んで押しかけたら、何の悪気(わるぎ)もなかったような顔でぺらぺら喋りやがる」

矢造の前では表情を消していた小市が、憤懣(ふんまん)やるかたないという顔で吐き捨てた。

半四郎は、「親分、そう申すな」と宥める。

「親分もあの男の話は聞いたであろう。吠翁という老人は、かつてずいぶんとつらい目に遭ったようだ。矢造も子供ながらに気の毒に思い、だいぶ心を痛めたのではないか。その男が何十年ぶりかで帰ってきて、自分の母親への篤い感謝を態度で示し、また己の暮らしの助けになるような手も差し伸べてくれた。

お上の手の者がそれらしき男を捜しに来たとしても、『まさか畎翁さんのことではあるまい』と心が勝手に思いたがってしまう――そんなことだったのではなかろうか」

小市は「へい」と返事をしたが、不満そうな表情は隠せない。

「あの矢造には、先に話を聞きにきたそなたの子分に対し、嘘をついたとか誤魔化したなどというつもりは、おそらくなかったろう。

もしそなたの子分が矢造のところへ文句を言いにいったり皮肉をぶつけたりしても、相手の反感を買うだけだ。いったんは、いくぶんか気の治まる思いをするやもしれぬが、今度何かあってまた話を聞きにいったとしても、もはや今日のような素直な応対はしてくれぬようになりかねぬ――矢造と普段から話をしている近在の百姓らも、同じようになろうしな。

子分に話をするなら、穏やかにことを分けて、失敗らぬようにするにはどうしたらよいかとともに、失敗った後に輪をかけて事態を悪くせぬためにはどうすべきかも、話してやったほうがよいのではないか」

足元を見ながら歩いていた小市の顔つきがわずかに変わった。若い浪人は小市の子分を引き合いに出して話しているものの、半分は小市自身に向けて語り掛けているのだと気がついていた。

「お教え、ありがとうございやす」

「よしてくれ――探索の玄人に、これは釈迦に説法だったな。高言を吐いた、忘れてくれ」

「いや、今日ご一緒させていただいて、愛崎の旦那がなんで榊様に肩入れなさるのか、ちったぁ判ったような気が致しやす」

「あまりにも頼りなくて、どうにも放っておけなくなるからであろう」

隣の若い浪人は、前を向いたまま軽やかに微笑（わら）った。

「ここら辺りのはずでやすが……」

半四郎を伴った小市は、何もない草原の前で足を止め佇んだ。

枯れた芒やら犬稗（いぬびえ）やらがあたり一面を覆（おお）っており、もし一年前に建っていた家が取り壊されたばかりだとしても、その痕跡は今や全てが、立ち枯れた背の高い草の下に隠されてしまっているようだ。

「これでは、以前からこの辺りのことをよく知っておる者でなければ気づくはずもないな」

「しっかし、よくこんなとこの空き家を見つけて借りられたもんですね」

小市が口にしたのは、家のことだけではなく、その持ち主までうまく見つけた段取りのよさに対する疑念でもある。

半四郎は、奥に長く続いていそうな草原を眺めやり、左右を見渡した。

「先ほど矢造が話していた、三十年前に畎翁の娘が死骸で見つかった場所というのは、ここから遠いのか」

問われた小市は目を見開いた。

「思い出しました。そういやぁ、確かこの草っ原のずっと奥にいったところでやした」

「すると畎翁は、三、四年前江戸へ戻ってきたときに、誰かからここを借りたのではないのやもしれぬな」

「え？」

「三十年前、娘の死骸から散らばった骨を一つ残らず拾うため、畎翁はずっとこの辺りに居続けたのだろう。なれば、最初は矢造の申したとおり野宿をしておったのかもしれぬが、途中からは掘っ立て小屋を建て、やがてそれなりにまともな家を建てたのではなかろうか。

繁盛していた商売を人に譲り渡したすぐ後なれば、土地も手に入れて家を建てるほどの余裕はあったであろう」

「なるほど……まだ餓鬼だった矢造は、そんなとこまで憶えちゃいなかったと」

「はっきり憶えておったのは、子供にとっては天地がひっくり返るほどの出来事とその直後のことだけのようだしな。あまりの衝撃だったゆえ、もっと後のことは急に記憶が曖昧（あいまい）になったとしても、おかしくはあるまい」

「承りやした。その辺のことが判るもんかどうか、こっちでも探りやすし、後で愛崎の旦那にもご相談してみやす——ですが、矢造の言ってた、ここを取り壊した大工ってえのを捜すんが一番手っ取り早いかもしれやせんね」

「そうだな。依頼主が畎翁なれば我らの推論は正しかろうし、おそらくは取り壊しの依頼をした者が間違いなく持ち主当人であることを確かめてから、大工は仕事に掛かっておろうしな」

小市は大きく頷く。

そこへ、今日半四郎を向島まで案内した乙介が、親分を呼びながら駆けつけてきた。

芒の中で体が半分隠れていると思った小市は、爪先立ちになり手も振って「おう、ここでぃ」と下っ引きに合図する。

「お前、よくここが判ったなぁ」

目の前まで来て立ち止まり、息を切らせている乙介に問うた。

「へい、矢造って百姓んとこへ行くのは知ってやしたから、そこで訊いてこっちに回りやした――それより親分、また、出やがりましたんで」

「出たって、何が」

「あの、鬼ですよ」

「なにっ、この真っ昼間にかい」

「いえ、実際出たなぁ、昨日の夜だったようですけど」

「なら、急ぐこたぁねえ。息を整えて、落ち着いて話してみろぃ」

子分を前にした小市は、さすがの貫禄だった。

乙介を加えた三人は、ともかく「鬼が出た」という場所へ向かって歩き出した。道々、下っ引きが昨晩の出来事を話す。

「昨日鬼が現れたってなぁ、お大師様そばの天光寺ってとこで」

「天光寺……あの、貧乏寺かい」

親分の確認に、乙介は「へい」と頷いた。

百姓地とはいえ、檀家もあれば冠婚葬祭も行われるのだから、当然向島にも寺がある。一番有名なのは北の端に位置し、謡曲『隅田川』にも歌われる木母寺であろうが、それ以外にも大小様々な寺が置かれていた。

乙介はちらりと半四郎のほうを見て、土地に不案内な若い浪人にも判りやすいように、多少の解説を加えながら続きを口にした。

「親分のおっしゃるとおりの貧乏寺で、納所をへばりつかせた本堂の他にゃあ、錆びた割れ鐘を吊った鐘撞堂と猫の額ほどの墓地があるばかりってえところでして。そんなとこで夜中、妙な音がするんで坊主が目を醒ましたと思ってくださいな。

どうやら音は、本堂のほうでするらしいけど、盗む物なんぞ何もありゃあしない。

ただ、前夜弔えがあったばかりで、てえした物じゃねえけどお供えもそのままになってるのがあったんで坊主が恐る恐る覗きにいくと、ご本尊の脇のほうで何やらゴソゴソ動いてる人影があった。

坊主は、まだ自分が半分寝惚けてるんじゃねえかと目ぇ擦った――てえのも、窓の障子を通して射し込む月の薄明かりにぼんやり見える影が、人にしちゃあどうにも大きすぎるように見えたからだそうでして」

話を聞きながら歩く小市が、脇から口を挟んだ。

「前日弔いがあった——てえと、本堂に安置されてた死骸に喰らいついてでもいたかい」

「いや、それがもう、仏さんは昼のうちに埋めちまった後だったそうでして」

「ふん、ドジな鬼じゃねえか」

「あっしも埋めたばかりだってえその墓を見やしたけど、どうも掘り返されたようにゃ見えねえ。親分が寺に着いてから、一応掘り出して中を検めようかってえ段取りになってやす」

「で、その人にしては大きすぎる影を見た和尚はどうした」

我慢しきれなくなった半四郎が、先を促した。

「ああ、そうでやした。まだ、話が途中でしたね——で、坊主は相手を確かめようと、息を殺しながらそっと伸び上がったつもりだったのが、暗かったもんで自分のすぐそばに燭台が立ってるのに気づかなくて、バタンと倒しちまった。

坊主は慌てたけど、今さらどうにもならねえ。ご本尊の向こうっ側の影は、燭台の倒れる音にいったん動きを止めた後、むっくりと起き上がって振り返った。そいつぁ、和尚が考えてたよりずっと大きかったそうですよ」

「あの、貧相な坊主のこった。怯えるあまり、だいぶ大く見誤ったのかもしれねえ」

当人を知っているであろう小市が、蔑む口調で言った。

「それが、そうとも言えねえんでさぁ。ともかく、その大きな野郎は、坊主に何するでもなく本堂の戸を開けて出てったそうですが、戸を開けてひと声吼えたときに外の月明かりを浴びて、はっきりと姿が見えたってこって――斑模様の、裸だったそうですぜ。先日、酔った吾助が見たのとおんなし野郎だと、あっしゃあ坊主の話を聞いて思いやした。

それから、野郎は裸足だったようで本堂ん中に泥の足跡をいくつか残してますけど、これがまたずいぶんと大足なんで。ここいらの百姓が小銭稼ぎに作ってる草鞋より、一回り以上は大え足ですぜ――坊主の見間違いたぁ思えねえってなあ、そういうこって」

「ともかく、そいつが夜中のこったろう。なんで、こんな真っ昼間までこっちに聞こえてこなかったい」

「へえ、昨夜は坊主が風邪っ引きの小僧を親元へ帰して、一人きりだったそうで。通いの寺男が今朝寺へやってきて、本堂で気絶したまんまぶっ倒れてる坊主を見つけたんですが、介抱して当人が目ぇ醒ますまでは何があったかよく判らなかったようで」

「だけど、泥の足跡があったり、泥棒が押し入ったような様子はひと目見りゃあ判ったろうが」

「あっしゃあ、こっちへ報せんのに急いで出てきましたから、そこまで確かめちゃいませんけど、あの寺男も気の利かねえ野郎だから、坊主がぶっ倒れてるとこぉ見ただけで、魂消ちまったんじゃねえですかねえ。きっと、他の物なんぞ目に入らなくなっちまってたんだと思いやす」

話しながら歩いているうちに、件の寺に到着した。小市が貶すのも判らぬではないほどの貧相な寺で、半四郎が住まう長屋の地主である四谷慈眼寺にも負けぬほどだが、向島という鄙びた地でありながら、境内は慈眼寺よりずっと狭いようだった。

これが山門かというほど朽ちた木の囲いを潜って寺に入ると、数人の男がいて小市に小さく頭を下げた。いずれも、物騒な出来事があると駆り出される、この地の若い百姓か、小市の下っ引きであろう。

半四郎らは、まず本堂に上がり込んだ。住職の和尚は、まだ寝込んだままだというので、寺の者の案内はつかなかった。

狭くて雑然とした本堂の中にも、何人かの男たちがいた。半四郎は小市とともに倒れた燭台を見、乾いた泥の足跡を眺めた。足指の形がはっきりと残る足跡は、確かに常人よりもずっと大きなものだった。

そこから、本尊が安置された奥へと目を移す。本尊の向かって左側、納所とは反対側に、書物が何巻か乱雑に放り出されていた。

「どうなさいやした」

半四郎の様子を訝った小市が訊いてきた。

「向こうに放り出されてあるのは、お経であろうか」

「へえ、そのようで」

答えたのは、乙介とは別の小市の下っ引きらしい男だった。

「あんな物を散らかして、『鬼』は何をしようとしていたのであろう」

「死骸を喰らおうとしてたのになかったから、自棄(やけ)を起こしたんじゃねえですかねえ」

憶測で応じた下っ引きへ、若い浪人は重ねて問うた。

「前日に埋めた仏が掘り返されているか、棺桶を掘り出して調べてみるとかいう話であったが」

「へえ、親分が戻ってからってえ話だったんですが、待つまでもねえだろうってこって、もうやっつけちまいやした」

「で、結果は」

「やっぱり、手はつけられちゃいねえようで。仏さんは、五体満足のまま納まってましたよ」

「やはりな」

半四郎の独り言を耳聡く聞きとがめたのは、老練な小市である。

「榊様、やはりってえのは、どういうこって」

「親分、もし『鬼』が死骸を喰らいに来たのであれば、『鬼』はどうやって、今日この寺に死んだばかりの人が運ばれてくると知ったのであろうな。近くの藪の中あたりに潜んでいて、近隣の者が弔いの話でもしているのを小耳に挟んだのであろうか」

「そいつぁ……やっぱり『鬼』でやすから、臭いを嗅ぎつけるとか何とか、そういうこって来たんじゃねえでしょうか」

「もしそうなら、真っ直ぐに仏が埋められた墓へ行っておるのではないか。なぜに、本堂へ上がった」

「そりゃあ、仏さんが置かれてるとすりゃあ本堂だろうと、当たりをつけたんじゃねえんですかね」

「寺までは臭いに誘われ、境内に入ってから知恵を巡らせたと？　――まあ、親分の言うとおりだったとして、本堂に仏が安置されていないと知った『鬼』は、ならばなぜすぐに外へ出て墓へ向かわなかった？　本堂に置かれておらぬのは一目で判ったろうし、少なくともお経が収められている書棚の中にあるなどとは考えまいに」

「へえ……じゃあ、榊様はなぜ、野郎がいつまでも本堂ん中でうろついてたと？」

「はっきりとはせぬが、もしかすると、見たままだったのやもしれぬ」

半四郎の言わんとしていることが判らず、小市は眉を寄せた。若い浪人は構わずに、先ほどまで問いに答えてくれていた下っ引きへ向き直る。

「ここを出て逃げた『鬼』が、どちらの方角に向かったかは判ろうか」

「へえ、垣根を壊して外側へ倒してるとこがありやしたんで、おそらく逃げるときに慌ててそっから出たんでしょう」

「その先に、藪か何か、身を隠せそうなところはあるか」

「……へえ、確か、ろくに手入れもされてねえで、入り込めねえほど茂ってる竹林がありやしたけど」

半四郎は、小市を振り返った。

「親分、行ってみぬか。うまくすれば、陽が落ちる前にその『鬼』と遭遇できるやもしれん」

九

小市と半四郎は、乙介ともう一人の下っ引きだけを伴い、『鬼』が逃げたと思われる方角にある竹藪へと向かった。

「榊様、ホントにそんなとこへ隠れてるんでしょうか」

若い浪人の横を歩きながら、小市が不安げに訊いてくる。半四郎の言に確信が持てないのが半分、もし本当にいた場合、自分らで対処できようかという懼れが半分、といったところだろう。

「さてな。当てずっぽうと申すか、山勘で親分を誘っただけだ。もしおらなんだとしても、堪忍してくれ」

小市は「そんな」と情けない声を出した。騒ぎの起きた現場の宰領をすべき自分が、人任せにして出てきてしまったのだ。「何もありませんでした」では、皆に示しのつかぬことになりかねない。

が、半四郎自身は密かに確信めいたものを感じていた。言葉にして小市らを納得させる理屈はないから口には出していないものの、なぜかそこにいるはずとの強い思いを抱いている。

見上げるほどに伸びた竹が鬱蒼と生い茂る林が、目の前に近づいてきた。中は「昼なお暗い」という言葉そのままの様子で、確かにほとんど人の手が入れられていないように見えた。

近づきながら、竹の間から何か見えはせぬかと目を凝らしていると、半四郎たちからわずかに遅れてついてきた乙介が「親分」と声を掛けてきた。どうやら、背後を気にしてのことらしい。

振り向いた視線を乙介らより遠方まで伸ばすと、町人を伴った侍が一人、小走りに自分たちへ追いつこうとしている姿が目に入ってきた。

「あれは……中原」

「どなたですかい」

半四郎と同じものを見ながら、小市が訊いてきた。

「加役の同心だ」

半四郎の簡潔な返答に、岡っ引きは「加役……」と言ったまま顔を強張らせた。

江戸の町の発展に伴って火付けや強盗などの凶悪犯罪が増加したことへ、町奉行所だけでは対応しきれないと判断されたために設置されたのが加役、火附盗賊改方である。強行犯専任という組織の性格から強引な捕縛や拷問による自供強要なども多用され、町方には自分たちの競合機関だからというだけでなく嫌われていた。

　足を止めたまま中原たちが追いつくのを待った半四郎が、自分から先に声を掛けた。

「これは、中原様。このようなところまで、お役目でのお出張りにござりますか」

　中原は、肩を聳やかすようにして半四郎たちの前に立った。以前半四郎を捕縛したときに手先を勤めた仁伍が、今日もお供をしているようだ。

「江戸の市中で胡乱なことぉやってる浪人者が、こんなとこまで出張って他人様を誑かそうとしてるって小耳に挟んだもんだからよう」

　小市は後ろに回した右手の拳をぐっと握り締めたが、当て擦りを言われた当の若い侍は、表情ひとつ変えなかった。

「それはご苦労様で――ところで、中原様はお屋敷で身を慎まれておると仄聞しておったのですが、ご勘気はもう解けましたので？」

　気に障るひと言で、加役同心のこめかみに青筋が立つ。

実際には、仁伍の報せを受けて昨晩のうちにそっと組屋敷を抜け出していたのだった。万一同輩に見つかったときのことを考えると深川の岡場所などに泊まるわけにもいかず、旧知の船宿に無理矢理上がり込んで一夜を明かしている。

「余計なことぉくっ喋ってんじゃねえや――オイ、榊。お前、江戸の町中じゃあお上の目がうるさくなったからって、こんなとこまで来てまぁた何か悪さを企んでるんじゃねえだろうな」

「お上の目、ですか。はて、身共へのお疑いは、きれいに晴れたと存じておりましたが。あれ以降、身共が何か胡乱なことをやっているとして咎められたことなど、一度もありませんけれど――それとも、どこかからそのような訴えでもございましたか」

中原の一歩後ろに立つ仁伍に目をやりながら問うた。加役の手先を長年勤める海千山千の男は、感情のない目で平然と見返してくる。

「そんなことぁお前に教える必要はねえ。こっちゃあこっちのやり方で、罪を犯す野郎が出たら即座にふん縛るだけさ」

「ならば、お好きに――親分、参ろうか」

これ以上のやり取りは無駄と、半四郎は小市を促して身を返した。歩き出した若い浪人に従う小市が、その耳元近くで「よろしいんで？」と囁いてくる。

「ああ。そなたらに手札を預けているお人らよりも手を出せる場所が多いとなれば、煩わしくともどうにもなるまい」

半四郎は、聞こえても構わぬとあまり声を落とさずに応じた。わざわざ振り返らなかったが、中原とその手先は平気でついてくるようだ。

凶悪な犯罪者に対抗するため、加役は町方よりも高い機動性を持たされていた。向島が御府内として町方支配の範疇(はんちゅう)なのか、それとも御府外で勘定奉行の支配下にあるかは微妙な部分もあるのだが、加役なればそのいずれであっても探索できるだけの大きな権限を有している。

自分らにくっついてくる加役の二人を無視することに決めた半四郎らは、目指す竹林の前に到達した。林の中の竹は太く、斜めに伸びている物もあれば、下生(したば)えの笹なども伸び放題に茂っており、中に踏み入るのは困難に見えた。

「どこかから踏み込んでいった形跡はないか、探してはくれぬか」

半四郎の頼みに応じ、小市が下っ引き二人に指図して、竹林の周囲を探り始めた。

「こんな藪の中で、何を捜そうってんでえ」

半四郎の脇に立った中原が問うてきた。

「身共を怪しんでこんなところまで来られたのなら、事情はすでにお判りなのでは」

「四の五の抜かしてねえで、はっきり答えな」

中原は、竹林の中を覗き込みながら口だけで脅してきた。

「この近くの天光寺という小さな寺に忍び込んだ賊が、ここへ逃げ込んだのではないかと捜しに来ただけです」

「ただのこそ泥だって？」

「見た者の話によると、裸で肌が斑模様になっている大男だそうです」

「おいらに引っ括られても、まぁだ懲りねえでそんなのを追っかけてんのか」

「見た者の話をお伝えしただけで、身共はまだ目にしておりませぬから、『そんなの』と言われるようなモノなのかどうか、今の時点で判断してはおりませぬ。それに、身共は乞われたから来ただけ。あなたのおっしゃるように、何か企んでこんなところにいるわけではありません」

若い浪人の返答に、中原はそっぽを向いた。

「そいつぁどうだかな。お前さんの言うとおりかどうかは、これからの成り行きを見定めた上で判断さしてもらうぜ」

冷たく「お好きにどうぞ」と返した半四郎は、竹林の境を見分していた小市に呼ばれた。中原へ断ることなく、一人足を向ける。無論、加役の二人もすぐに続いた。

太く大きな竹二本が道のすぐそばから生えているところに乙介がしゃがみこみ、小市ともう一人の下っ引きが立っていた。半四郎が近づいてみると、下生えの藪が左右に分けられたようにも見える。

「ざっとひと渡り見やしたが、もし入ったとするとここからじゃねえかと。他に、それらしい跡の残ってるとかぁありやせん」

小市が半四郎に伝えると、後ろから中原が口を出してきた。

「大男と言うことだが、どれほどだ」

半四郎は、後ろを向こうともしなかった。あまり相手をしたくないが、やむを得ず答える。

「見たという者の話から勘案すると、最低でも七尺近く（約二メートル）はありそうです。そして、逞（たくま）しい体つきをしておったとのこと」

「じゃあ、そんな狭いとっからぁ入れねえだろうさ」

簡単に結論を出してきたが、小市は応じず、半四郎に竹の根元を指さした。

二本の竹は、互いに避け合うかのごとく、上へ行くほど間を空けていくぶん斜めに伸びていた。が、小市の指した根元を見ると、傾きの外側方向に、稈（かん）（竹類などの茎（くき））の根元で三日月型の穴が開いていた。もともとは真っ直ぐ生えていた二本の竹の間が、よほど強い力で左右へ押し広げられたものと思われた。

半四郎は脇差を鞘ごと抜いて乙介に手渡した。残る大刀を、なるたけ垂直に近くなるように腰へ差し直す。

「踏み込む」

何ごとか判らぬまま脇差を受け取った乙介は、ごくりと唾を呑んだ。

「榊様――」

言い掛けてきた小市を見返し、言葉を被せる。

「ついてくるかどうかはそなたらに任せるが、中ではあまり身共に近づくな。何かあったときに、十分に刀が振るえぬでは困るからの」

このところ手挟んでいるのが、江戸に出てから手にした朱鞘――替えの差料ではなく、国許にいたころよりの愛刀であったことを幸運に思った。

己の愛刀は、小太刀と称しても間違いではないほど刀身が短い。ために、このように木が密生したような場所に入っていっても、鞘の先が幹や枝葉に当たって邪魔になるということが少ない。山方下役という、かつて藩士であったころのお役に相応しい刀だった。

同時に、身幅や厚みは尋常な日本刀を大きく超えるほどのものがある。半四郎にとっては、いざというときこれ以上ないほど頼もしい相棒だ。

小市に申し渡した若い浪人は、引き続き背後の加役主従へ顔を向けた。

「あなた方二人にも、同じことを申し上げておきます。あまりに身共に近づいたゆえ、こちらが危機に対処しようとした太刀へ触れてしまって怪我をなされても、それはあなた方自身の責任。当方に罪を着せようなどとなさらぬよう、申し上げておきますぞ」

言い渡された中原は、口をへの字に曲げた。

「誰にものを言ってやがる。こっちゃあ、何度も凶賊どもと斬り結んできた加役の同心だぜ。そこいらの町方役人と一緒にするんじゃねえ」

町方は、咎人を「捕らえる」のが本分と心得て、通常は刃引き（刃先を潰し切れなくしてある刀）を腰に差しているという。対して加役は、命懸けで反撃してくる凶暴な賊を相手にすることも多いため、普段から「歯向かう者は斬り捨てる」ことを少しも躊躇わない集団だった。

「お言葉どおりに受け止めておきましょうか」

町方を愚弄するような中原の言い方に小市は一歩踏み出しかけたが、半四郎の冷たいひと言で何とか気を落ち着けた。

半四郎は、残りの者がどうするかなど気にも止めぬ様子で、単身暗い竹林の中に踏み入っていく。下っ引き二人へはこの場に残るよう指図した小市が、己は若い浪人に続いた。

加役の同心と手先も、間を置かず林の中へと入っていった。自身の浮沈が懸かる中原に臆する気配はなかったが、仁伍は内心辟易(へきえき)しているように見えた。

かつては奥山までも仕事場にしていた半四郎だから、この程度の竹林へ踏み入るのに気後れはなかったが、素足に草履(ぞうり)という足元はさすがに気になった。生い茂る下生えの中でどこへ踏み出すか慎重に測りながら一歩一歩前進する。

しかし、「どうやらここから『鬼』が竹林に入っていった」という、小市の観察は正しかったようだ。

自分よりも、よほど大きな足が先に踏んだために開いた繁みの穴を、辿りながら踏んでいく感覚があった。ために、当初覚悟したよりはずいぶんと楽に進めている。先に歩いて行った跡を忠実に辿ろうとするとかなり大股になったが、藪の中であるせいか、足先が届かぬほど次の一歩が離れているということはなかった。

「こりゃあ、提灯(ちょうちん)が要るな」

半四郎の後方で、中原がぼそりと言った。まだ陽は落ちていないはずだが、竹の葉が上空で日光を遮り、日暮れ前のように暗かった。

「下生えには枯れておる物も少なくはない。生木ばかりだと思うて油断しておると、文字通り大火傷を負いかねませぬぞ。こんなところへ火なぞ持ち込むつもりなれば、身共のいないときにしてもらいましょうか」

半四郎が告げると、加役の同心は口を閉ざした。

物騒な相手を追跡するためにこんなところに踏み込んでいるのだから、いかに足元が覚束ない（おぼつかない）といっても周囲への警戒を緩めるわけにはいかない。中原を黙らせたのは、危険を耳で察知するという手立てを確保しておきたいからだ。

だが、四人もの男が硬い下生えの中を動き回れば相当に大きな音を発生させてしまう。半四郎は、耳を欹て（そばだて）ながらゆっくりと前進することを心掛けた。

今度は後方から、パチンと肌を叩く音がしてきた。

「なんだ、まだ春にもなってねえってのに、もう蚊がいやがるのか」

ぼやき声は、また中原だった。

「手入れのされぬ竹林では、枯れたり風や雪の重みなどで折れた竹がそのまま残っています。竹には節（ふし）があるから、折れたところには水が溜まりやすい。密生していて風も通りにくく、周囲ほどに寒くならないとなれば、冬でも生き延びたり生まれてくる蚊がいるのです。

堪らぬということなれば、どうぞ道をお戻りなさい。まださほど中に入っておりませぬゆえ、ご自身で十分戻れましょう」

言い放たれて、今度こそ押し黙ってしまった。無論引き返すことはなく、意地でもついてくるつもりに思えた。

さほど大きな竹林ではないと思っていたのに、ゆっくり歩いたとはいえ、ずいぶんと奥まで踏み込んだ気がしていた。前方には林立する竹の稈が見えるだけで、まだ林が尽きるのは先のようだ。半四郎は、自分の勘を頼りに、『鬼』が踏んでいった跡を慎重に辿りながら前進した。

十

その声が聞こえてきたのは、不意のことだった。

「我が領域を侵(おか)すは、誰か」

嗄(しわが)れた、男の声だった。

下生えを揺らしながら進む四人の足が止まる。空耳だったかと疑う三人をよそに、半四郎が言葉を返した。

「そなたこそ、誰だ。昨夜、天光寺に忍び入った者か」

「もしそうなら、どうだという。誰も怪我をしてはおらぬし、盗まれた物もないはずじゃぞ」

声ははっきりと耳に届いてきたが、どこから発せられているのかは全く見当がつかなかった。

「なれば、他人の家に無断で立ち入ってもよいと申すか。言い分があるなれば、我らの目の前まで出てきて、申し立ててみよ」

「帰れ。入られたは、寺であろう。寺なれば、衆生に開放されておる場のはず。無断で立ち入ったからとて、目くじら立てられるような場所ではなかろうが」

半四郎に任せていたのでは埒が明かぬと思ったのか、横合いから中原が口を挟んできた。

「やいやいやい、姿隠したまんま、なに勝手なことぉほざいてやがる。お上のお調べだ、神妙に出てきやがれ」

「お上……」

呟いた姿を見せぬ相手へ、中原の尻馬に乗った仁伍が声を張り上げた。

「こちらにいらっしゃるなぁ、火附盗賊改方の、中原玄蕃様だぁ。盗賊改は、町方なんぞと違って調べは厳しいぜぇ。お情けを頂戴してえと思うなら、今のうちに出てきたほうが身のためだぁ」

「不浄役人が、帰れ」

「なにをっ」

皆から懼れられるため、面と向かって罵声(ばせい)を浴びせられたことなどない加役の二人が憤(いきどお)った。

「帰れ。帰らぬと、ただでは済まさぬぞ」

「お上に逆らおうってのかい。面白(おもしれ)え、加役に逆らう者ぁ斬り捨て御免だ。何する気かぁ知らねえが、命ぃ捨てるつもりで懸かってきなっ」

半四郎は、小声で「中原様っ」と制しようとしたが、こそ泥と侮(あなど)る相手からこのような扱いを受けたことのない加役の同心は、聞く耳を持たなかった。

「なれば、思い知るがよい」

姿を現さぬ相手は、冷徹に言い放った。

鬱蒼と生い茂った竹の林の中を、ビョウと風が吹き抜ける。竹から千切れ飛んだ葉が宙空を円を描くように舞うことで、風が巻いているのが判った。

くるりと旋回した葉の群れが、方向を転じていっせいに四人へ襲い掛かってきた。

「危ない、小市、しゃがめっ」

半四郎は叫ぶと、突っ立っている小市の肩を無理に下方へ押しつけた。右手を余計なことに使ったため、刀を抜いている暇はない——半四郎は左手で鞘ごと愛刀をはずすと、顔面を庇おうと無意識に体の前へ翳した。

バサバサという音を立てて、数えきれぬほどの葉が自分の横を飛びすぎていく。

「わわっ」

「ひ、ひえええええ」

悲鳴を上げたのは、中原と仁伍だった。仁伍は鋭い竹の葉に何ヵ所も切られ、血まみれになっている。中原はそれほどではないものの、剝き出しになった額や右手に切り傷を負っていた。

小市は、半四郎にしゃがまされたために無事なようだ。そして半四郎はといえば——どうやら竹の葉は、全て自分の脇を素通りしてしまったようだった。

「なんでえ、今なぁ」

「次が来る。姿勢を低く、下生えに隠れるほどまで」

呆気に取られている中原を相手にせず、叱咤するように命じた。

また、風に乗った葉の群れが、くるりと方向を転じて襲い掛かってきた。

今度の半四郎は、鞘を捨てて抜き身の愛刀を顔の前に真っ直ぐ立てた。流派によっては仏捨刀と呼ぶ構えだが、半四郎は何かの知識があってそうしたわけではない。ただ、本能の命ずるままの動きだった。

前回は自分の袂で視界が遮られていたが、こたびは葉の群れが自分目がけて襲い掛かってくるのをはっきり見て取った。それでも、半四郎は刀身を立てたまま微動だにしない。

耳元を、葉の群れが飛び去っていくバサバサという音が通り過ぎた。なぜか、こたびも掠り傷ひとつ負わずに済んだようだった。

痛っ、という声を耳にして、ちらりと足元を見やる。十分に屈んでいなかった中原が、またどこかを切られたようだ。

小市は、下生えに全身が隠れるほど小さくなって、笹の間から様子を窺っている。

一番後ろの仁伍は、血だらけの両手で頭を抱え込んで、為す術もなく丸まっていた。

「妙な術を使うようだな」

姿を見せぬ者が無傷の半四郎に言った。

「その言葉、そっくりお返ししよう」

「だが、仲間を守るほどの力はないようだ」

これには、半四郎は答えられなかった。まさに、正鵠を射ていたからだ。

「立ち去れ。今なれば、見逃してやる。さもなくば、お前はともかく、他の三人は小間裂になろうぞ」

足元から、ヒーヒーという悲鳴にもならない息の漏れる音がした。仁伍が、腰の抜けたままこの場から逃れ出ようと這いつくばっていた。

「冗談じゃねぇや」

半四郎が返答をする前に、激した中原が立ち上がった。手には抜き身を提げている。

「ケッ、派手に血は出てるが、いずれも肌の表面をちょいと掠っただけじゃあねぇか。そんなんでおいらを小間裂にできるってぇなら、やってみろい」

逃げ出そうとしながら下生えに阻まれて身動きの取れない仁伍が、中原の挑発に「旦那ぁ」と情けない声を上げた。加役の同心は、己の手先など見向きもしない。

「……そうか、なれば己の身で思い知るがよい」

声が、断を下した。

ビョウと、これまでよりいっそう強い風音がした。葉の群れが、いくつもの弧を描く――それが四方八方から、いっせいに襲い掛かってきた。

「くっ」

刀身を立てて動かずにいたのでは、声の主が言ったとおり自分の身を守ることしかできない。半四郎は、塊（かたまり）となって襲い来る葉の群れにあえて白刃を振るっていった。

五つほどに増えた葉の群れが通り過ぎた後、さすがの半四郎も傷を受けていた。と、自分の近くから、けたたましい笑いが上がる。先ほどよりずっと傷の増えた中原だった。

「やっぱり、切り刻むほどの力はねえじゃねえか。ほれ、おいらはまだこのとおり、ちゃんと己の二本の足で立ってるぜ」

何か意図があって煽（あお）り立てているというより、ただの自棄に見えた。半四郎の制止は、最初から無視されている。歯嚙みをしかけて、着物に張り付いた目障りな竹の葉を振り払った。

「これは」

払っても落ちない葉を左手でつまみ上げ、そのまま落とそうとして何か引っ掛かるものを覚え、もう一度顔の前に持っていった。葉についた、ただの黒ずみだと思っていたものが、きちんと人の形をしているのが目に入った。

「これは、式神……なれば、相手は陰陽師」

中原の挑発に対しても、姿の見えぬ声は冷静なままだった。

「引かぬなら、何度でもやってやろうか。小間裂にはできずとも、傷が増えていけばやがて体中から血が噴き出ようぞ」

また、旋風と共に葉の群れが襲ってきた。

半四郎は――刀を立てることも葉の群れに刃を向けることもせず、葉による襲撃は完全に無視して、周囲の竹に向かって刃を振るい始めた。

「なにっ」

姿を見せぬ声に、初めて動揺の色が表れた。半四郎に襲い掛かる葉の群れの中には、統制を乱しあらぬ方向へ飛んでいく物が少なからず出ていた。さらにいくらか傷を増やした半四郎だったが、避けることも怯むこともなく己の周囲を薙ぎ続けた。

カンカンという音とともに、深く切り込まれ、あるいは上下二つに切断された竹が、周囲の同類にぶつかりバサバサと葉音を立てながら倒れていく。半四郎による白刃の振り回しは、同行者三人に危害が及んでも構わぬ、というほど乱暴な所業だった。

式神とは、陰陽師が術を使う際に用いる使役霊のことである。古の都で活躍した安倍晴明のような高名な術者は、目に見えぬ式神をそのまま使ったと伝わるが、後世の力の落ちた陰陽師たちは、人型に象った紙などへ使役霊を憑依させて使うだけで精一杯になった。

その程度の者だとすると、竹の群生に視界を遮られる薄闇の中だということも加味すれば、手の届かぬような遠方から式神を操っているとは考えにくい。術者である陰陽師は、何らかの別な術で己の身を隠しながら、自分たちのすぐそばで式神を駆使していると半四郎は結論づけたのだ。

半四郎が己の愛刀を辺り構わず振り回したのは、竹が四方に倒れることで、たとえ偶然であっても術者を妨害することができるかもしれないと考えたからだった。

半四郎の賭けが功を奏したのか、何本もの竹が音を立てて倒れ込んでくると、何もなかったはずのところから、大きな塊が逃れるように転がり出てきた。

「ぬおっ」

自分のすぐそばに突然現れたものに驚いた中原だったが、それが人だと知るとやおら斬り掛かった。

「斬るなっ」

半四郎の制止は、また無視されて終わった。中原は、現れた男の肩口から袈裟懸けに深く斬り込んでいた。

「すでに術は破れておったのに、なぜ斬った」

若い浪人が、加役の同心を叱りつけるように問い詰めた。

己の斬った相手を見下ろしていた中原が、昂奮の醒めやらぬ顔で言い返す。

「おいらを殺そうとした男だぜ。斬り捨てて何が悪い」

「この者は、我らを退散させようとしただけだ。先ほどの術に、人を殺めるほどの力はない。それに我らが受けた傷のほとんどは、この男の言に従わなかったためであろう」

「役人に歯向かって傷まで負わせたんだ、斬られて当然の男よ。それにもともと、寺に忍び込んだ泥棒であろうが」

「寺に忍び込んだは、この男ではなかろう。見よ、老人で、しかも丈はせいぜい五尺(約一・五メートル)ほどだ。寺の中で和尚が出くわしたモノとは、全く様子が違う」

「坊主はビクついてて化け物でも見た気ンなったんだろうさ。あるいは、さっき使ったような妙な術で、化け物に成りすましたのかもしれねえしな」

そうではあるまい。年格好や身なりからして、この老人が、一年前に大工の棟梁を驚かせた畎翁であろう、とは思われた。

が、畎翁と、このところ目撃されるようになった『鬼』を同一視することについて、半四郎は当初からどこかしっくりしないものを覚えていた。今日この場で、畎翁らしき人物と実際相見えて、感じていた違和は確信に近いほど強くなっている。

「さっき使ったような術を操れる者なれば、和尚に気づかれずに寺に出入りすることなど容易なはず」

「なら、化けた己の姿を見せることこそ、こいつがやろうとしてたことだったんだろうよ。どんなつもりでやったのかぁ知らねえが、その貧乏寺からぁ何も盗まれちゃいなかったことからも、そう見て取れんだろう」

フゴウ。

半四郎がさらに反論しようとしたとき、林の奥から異様な音が響いてきた。

口を閉ざした若い浪人が、闇の向こうへと警戒の目を向ける。

「こ、今度ぁ何だ」

半四郎には強く出た加役の同心が、新たな異変に及び腰になっていた。

ググゥ。

林の奥から、また異音が響く。

ついで、半四郎らにもほど近い竹が一度に何本も、バキバキという音とともにへし折られていった。

畎翁らしき老人が現れたときと同じように、それは、何もない闇の中からぬっと姿を顕した。

「こ、こいつぁ……」

加役の同心は、絶句したまま顕れたモノを茫然と見上げた。まだしゃがんだままの小市も言葉を失っている。仁伍はといえば、すでに気を失ったのか、頭を抱え込んで丸まったまま、これだけの状況の変化にも身動きひとつしなかった。

おそらく裸なのであろう、赤黒く、あるいは青白く染まった筋が斑に入り混じっている体は、頭の先から足元まで同じような模様が切れ目なく続いている。身の丈は七尺をゆうに超え、体の幅も常人の二倍ほどはあるように見えた。まさしく、吾助や子守の娘が見た『鬼』であった。

ゴゴウッ！

吐き出す息は、言葉にならずとも怒りの感情を撒き散らす行為の現れに相違ないとすぐに判る。『鬼』は、さらに竹を薙ぎ倒しながら中原のほうへ踏み出してきた。

「いかぬっ」

素早く動いた半四郎は、茫然と佇んだまま動けずにいる中原の前に立ち塞がって、『鬼』と対峙した。

「やめよ。いまさらこの者を斃したとて、亡くした者は戻らぬ」

半四郎は、鋭い声で『鬼』を制した。

ゴゴーゥ。

『鬼』も、聞く耳を持ってはくれないようだった。右手を軽く横に振る。その手の甲に触れた太い竹が、くの字に折れただけでは足らずに、地中から掘り起こされた根を引きずりながら、あっさりと彼方へ吹き飛んでいった。

『鬼』の長い腕ならば、身を乗り出し数歩踏み出しただけで、簡単に半四郎の身まで届かせられたはずだ。それをしなかったのは「どけ」という仕草、大切な者を害した相手以外は傷つけるつもりがないという、意思の表明だった。

半四郎はそこに、微かな希望の光を見た。

「やめてくれ。怒りはもっともだが、無益なことだ」

ガーア！

『鬼』が、天に向かって吼えた。再び半四郎を見据えたときには、「どかぬなら、お前もろとも」という意思を固めたことがはっきり伝わってきた。大きく足を上げ、踏み出してくる。

「やむを得ぬ」

半四郎は、右手に提げていた抜き身を体前に持ち上げた。刀身を立て、わずかに右に傾ける――綜武流（そうぶりゅう）『問姿（もんし）』の構え。すでに絶えたと伝わる、古（いにしえ）の流儀であった。

その構えから放たれる『浮舟（うきふね）』という技が、半四郎必殺の秘太刀である。しかし、下生えに前進の自由を奪われた今の状況では、これまで同様に『浮舟』を遣うことはできなかった。

――己は動けずとも相手は真っ直ぐ近づいてくる。そして、最後の一歩だけなら踏み出せる。

半四郎は、その場に佇立（ちょりつ）したまま静かに『鬼』が迫ってくるのを待った。切り倒された巨木のような圧力と速度で、『鬼』の右腕が襲い掛かってくる。

半四郎の横にずれた中原の目には、若い浪人がひどくゆっくりと動き出したように見えた。

若い浪人の振るう刀より、自分の腕が先に相手の体に到達すると、『鬼』は確信したはずだ。が、大きく広げられた掌（てのひら）が半四郎を薙ぎ飛ばすほんのわずか前、若い浪人の刀は鬼の腕に食い込んでいた。

グキャオウッ。

『鬼』が、再び吼えた。今度の叫びは、怒りではなく痛みがもたらしたものだった。

左手で庇われた『鬼』の右腕には、手首から先がなかった。

自身の意識の上では、これまで胸に叩き込む形でしか遣ったことのない『浮舟』を、こたびは咄嗟に、突き出された腕へ向かって振るった。飛び込みが不完全とならざるを得ないような足場である上、通常の人体とは縮尺の違うモノを相手にしたのだから、他に狙いようがなかったのだとは言える。

『鬼』の胴体は突き出された腕の遥か向こうで、しかも胸元を狙うならば刀を上方へ向けなければならなかった。水平の突きで捉えられる鳩尾近辺は、相手が前屈みになっているためさらに間遠になる。いずれを狙っても、おそらくは人離れした『鬼』の反応に躱されていたに違いない。

ただし、もし「本当は、相手に致命傷を負わせたくなくて、わざと腕を狙ったのではないか」と突き詰められたなら、半四郎はしばらく考えて「本当のところは自分でも判らない」と答えざるを得なかったはずだ。

「なんて打ち込みだ……」

己の置かれた危機的状況を忘れて、中原が呟いた。加役の同心には、半四郎が放った一閃を目にとめることができなかった。

ガァァァァッ！

『鬼』が、三たび叫んだ。その目は半四郎に対する怒りで染まっており、もはやいかなる制止も聞こえはすまいと思われた。

斃すか斃されるか、半四郎も最後の決着をつける覚悟を定めた。

「清、もうやめよ。我らは、このようなことをするために、残ったのではなかったはずだ」

対峙する半四郎と『鬼』の足元から、静かな声が発せられた。その声を聞いた途端、怒りのあまり膨れあがっていた『鬼』の体が、一回り萎んだように見えた。

グゥウウゥ。

もはや『鬼』は、いっさい殺気を放ってはいなかった。ようやく、『鬼』に貼り付いたままはずせなかった半四郎の視線が、声が発せられた足元へと落ちた。

中原に斬られた老人が、体を横にして顔を持ち上げていた。斬り殺されたかと思ったが即死には至らず、『鬼』が起こした騒ぎで意識を取り戻したようだった。

十一

「畎翁どのか」

構えを解いた半四郎が老人に訊いた。

「ああ、昔江戸を出て以来、そう名乗っておる」

小市にそっと後ろから抱きかかえられ、楽だと思われる仰向けの姿勢を取らされた老人が答えた。小市は『鬼』を気にしながら動いたのだが、岡っ引きのやろうとしていることに害意はないと判っていたのか、『鬼』は大人しいままだった。

「このモノに、畎翁どのは清と呼び掛けられたな。これは、そなたの娘か」

半四郎の問いに驚きを浮かべたのは、後ろから老人を支えている小市だった。

畎翁は、黙したままだった。

「答えたくなくば、答えずともよい。悪いことを訊いたなれば、謝ろう」

「……いや、儂ももうこれまでのようだ。なれば、誰かに聞いておいてもらうのもよいかもしれぬ。

これが、儂の清姫かどうか……そうであればよい、そうしたいと、儂は切に願っておった」

　それが、畎翁の答えだった。

　わずかに身じろぎした後、「しばし待て」と言った畎翁は、震える二本の指を立てた右手を口に当てると、何か呪文を唱えた。最後のほうに「急急如律令」という言葉がついたところからすると、やはり陰陽道系の呪術のようだ。

　それから先、話をするのがずいぶんと楽になったように見えたところからは、一時的にでも体力を回復する類の術かと思えた。

「もう三十年も前、儂はたった一人きりの娘を喪った。儂にとって娘は、目の中に入れても痛くないほどの宝であった。その宝が、我が手から奪われてしもうた。儂の前に戻されてきたのは、もはや毀れてしまい、呼び掛けに応ずることも、笑い返してくれることすらない、ただの骸であった。

　犬に食い荒らされ無残に散らばった娘を、儂は一つ残らず集めようとした。そうしてやらなければ、あれほど美しかった娘があまりにも可哀相だと思うたからだ。

　この土地の方々には、皆ようしてもらった。お上の手先を勤める者たちすら、娘を亡くして茫然としておった儂には優しかった――『娘さんを殺した奴は、俺らがきっと見つけ出してお裁きを受けさせてやる』と約束してくれた、若い手先もおった」

畎翁を支える小市の頬が、ぴくりと動いた。老人自身は気づいていなかったが、もしかすると畎翁を励まそうとした若い手先というのが、三十年前の小市だったのかもしれない。

「が、下手人が捕まろうが捕まるまいが、儂にはどうでもよかった——儂から大切な者を奪った相手が、憎くないはずはない。しかし、たとえその者が捕まろうが、小塚原で首を刎ねられようが、儂の大切な娘はもう戻ってきはしない。なれば儂には、娘を殺めた者を捜し出すよりも、せめて儂にできる限りは、娘を元のように戻してやることのほうがずっと大事であった。

そうして、小さな骨ひとつ、欠片ひとつを探して地べたを這いずり回っているうちに、儂は昔どこかで聞いた話をふと思い出した。それは昔、西行法師が死人の骨を集め、甦らせたというものだった。

娘を甦らせる——それが、この世における生き甲斐を、いっぺんに失うてしもうた儂が見つけ出した、ただ一つの光明となった」

西行自身の編纂に仮託された、『撰集抄』という本に載せられた逸話である。この時代にはすでに、西行の手による物だということには一部の学者から疑念も表されていたが、一般にはいまだ西行が自身の思いを著述した書物だと考えられていた。

「娘の骨を集める一方、儂は、西行法師が人を甦らせたことを書いた本を人を使って捜させ、手に入れた。しかしそこに書かれておった蘇生法（そせいほう）は、あまりにもざっくりとした、曖昧（あいまい）なものに過ぎなかった――まず砒霜（ひそう）という薬を骨に塗り込むとあるが、ではその砒霜とはどういう薬かが書かれてはおらぬ。最後に反魂（はんごん）の秘術を行うともあるが、これもどういうものか中身にはひと言も触れられてはおらなんだ。

　これでは、ホンに死者を蘇らせんとする儂には、何の役にも立たぬ。が、儂は落胆しなかった。娘をこの手に取り戻すための、手掛かりは得られたのだ。今手にある本に書かれていないならば、新たな手掛かりを捜すだけである。そのために、どれほどの苦労があろうとも厭（いと）わぬと、儂は娘に誓った。

　しかしそのためには、江戸にいたのでは何も始まらぬ。求むるのが古の法なれば、やはり京の都へ赴（おもむ）かねば――儂の最初の迷いは、娘の骨を集めることにどこで見切りをつけ、そして集めた骨を京へ持っていくかどうかということであった。儂は、段取りを整えると、後ろ髪を引かれる思いを振り捨てて、京へと向かった。無論、まだ集め足りないという気持ちもあったが、娘を甦らせるための手立てを講ずるのを、もうこれ以上待ってはいられないという気持ちがどうしようもないほど大きくなったからだ。

娘の骨は、荏胡麻の油を満たした瓶に入れ、その瓶をやはり同じ油で満たした、より大きな瓶に入れるといった形で、五重に封印してこの向島の地に埋めておくことにした。大瓶を納めたのは、娘の亡骸が見つかった草原にほど近い場所を買い求め、骨を探し続ける間住処とした家の床下に掘った穴の中だった。娘を江戸へ置いていったわけは、まだ肉片がついたままの骨を持ち運ぶのはさすがに難儀であったこともあるが、持ち運ぶ間の破損や腐朽を懼れるとともに、娘のことを気に掛けずに探求へ専念するためでもあった。なにしろ、並大抵の覚悟ではとうてい到達できぬほどの秘術であろうことは、当時全くの門外漢であった儂にも十分想像がついていたからの」

　吠翁の告白を、中原までがじっと聞き入っていた。吠翁に制止されて大人しくなった『鬼』も、蹲ったまま話の邪魔をせぬようにしていた。

「娘を甦らせるための法を知るのは、覚悟していたとはいえ本当にたいへんなことであった。儂は二十有余年の年月を掛け、密教、陰陽道、真言立川流、摩多羅神法、その他ありとあらゆる蘇生法を学んでいった。いずれか一つでは何かが足らず、また別なものを学ぶと以前知ったやり方とは矛盾する教えがあったりもする。そのひとつ一つを丹念に解明し、ときによっては己独自の解釈をなし、ついに娘を甦らせる自信を得てこの江戸に戻ったのが三年ほど前のことだ。

よく三十年近くも学び続けることができたなと思うやもしれぬな。それだけの秘術を学ぶ伝手(つて)が得られたなと驚くやもしれぬ。しかしそのために、儂は見世を売った金の全てを注ぎ込んだ。ある程度知恵や技をつけることができてからは、薬を作って売ったりもした——金持ちが、言いなりで金を払うほどによく効く薬よ。材料は、人には言えぬほどおぞましい物であったりもしたがな。学んだ術を使い、盗みもした。金で雇われて人殺しもした。全ては娘のためとあらば、己の所業に、いっさい悔いはなかった。

　そうして長い歳月苦労を重ねて、ようやっと娘を甦らせられるとの確信を得た儂は、江戸へと、この向島へと戻ってきたのだ。娘に試(こころ)みる前に、ためしで他の物を甦らせようとはせなんだ。なぜなら、蘇生のために必要な物の中には、儂でさえ二度と手には入らぬほど貴重でわずかしかない品が含まれていたからだ。

　向島の儂の家は、きちんと人に任せておったため、そのままになっておった。また住むためには、さすがに多少手を入れねばならなかったがの。そうして床を掘り起こし、慎重に瓶から娘の骨を取り出した。後は、長い年月を掛けて学んだ秘術を、娘に施(ほどこ)してやるだけのはずだった——が、三十年前の己が『これでよい』と思っていたことは、学び終えた儂にとってはずいぶんと中途半端で、未熟な措置であった。

きちんと蘇生させるには、いくつも骨が足らぬ。しかし、三十年も経ってしまえば、いまだ草原に残されていたとて、さすがに土に還ってしまっておる。やむをえず儂は、いまだ大川を渡り小塚原へ行って斬首された咎人の死骸から足りない骨を集めてきた——墓に埋められた死骸より新鮮であるし、何より病に冒されていることが少ないからの。ともかく、そうやって儂はついに娘の蘇生に取り掛かった」

そこで言葉を句切った畎翁は、右の拳を口元に当てて小さく咳をした。手をどけたときには唇の端に血がついていたが、気にもせずに話を続けた。

「簡単に、できるはずであった。あの愛おしい娘を、我が手に取り戻せるはずであった。が、うまくはいかぬ。なぜなのかは、今でも判らぬ。

朽ちないように油に浸していたといえ、二十年以上も埋めておいたのが悪かったのやもしれぬ。瓶の外側二つは取り出す前に毀れており、残りもずいぶんと油が減ったり色が変わったりしておったしの。今の儂なれば、もそっとうまい保存ができたであろうが、それを言っても詮ないこと……。

あるいは、道に迷ったとて訪ねてきた男に、情けを掛けてやったのが余計であったのであろうか。儂が男のために食い物を得てきてやると、あろうことか男は娘の骨を置いた部屋を覗いたばかりか、戸を全て開け放して吹きさらしのまま置き去りにした。儂は、騒ぎを恐れて施術途中の娘を他の場所へ移さざるを得なくなった。慎重に運んだつもりではあったが、慌てていたゆえそこで齟齬が起きたのやもしれぬ――雪も降っておったしの。

それとも、娘に術を施す前のそもそもの振る舞いが、儂の術を邪なものにして正しい結果を導けなくしてしまったのかとも思える。盗みも、邪悪な薬を作ったのも、人を殺めたのも、娘を甦らせる手立てを求め続けるには金が必要だったため、どうにもやむを得なかったことではあるがの。

儂が『これでよかろう』と思うて造ったモノは、息を吹き返さなんだ。ときどきピクリとは動くが、ただそれだけだ。儂は大いに慌て、なぜ甦ってはくれぬのかと懊悩した。己の施した術を振り返ってみても、どこも誤ったところは見つけられなんだ――だが、甦ってはくれぬ。起き上がって、儂に優しい言葉を掛けてくれることはなかった。

何遍も何遍も己のやったことを繰り返し思い返し、さらにできることはないかと考えた末、儂は、あまりにも危ういと途中で切り捨てたやり方を付け加えてみることにした。最初は恐る恐る、ほんのわずかな追加であった。すると、ときおりピクリと動くだけであったものが、続けてうねるように動く部分がでてきた。そうなると、もう止まるものではない。

　あれはどうか、こうすればもっと動くようになるのではないか、学んだことの全てを、娘の骨を元にした体に注ぎ込んだ――それまで施したものを削ることはしなかった。それは当たり前であろう、せっかく以前よりしっかりと動くようになったものを、後戻りさせるわけにはいかなかったのだからの」

　いったん口を閉じた吠翁は、口元に苦い笑みを浮かべた。

「そして、出来上がったのがこれよ。立ち上がり、自ら動くようにまではなったが、継ぎ足し継ぎ足しをしたがために、娘とは似ても似つかぬモノになってしもうた。

　儂が娘を甦らせんと志す因になった書物では、西行法師も人を造ることに失敗し、生まれたモノは『色悪しく、心を持たず、声はあれど管弦（楽器）の音の如し』という出来損ないであったことになっておる――儂なれば決してそのような失敗りはせぬと心の内で嗤っておったのに、今我が目の前に在るのは、まさしくそこに描かれておったモノそのままではないか……。

　西行は、殺すのも忍びがたいとて、自ら生み出したるモノを高野の山奥の、人も通わぬところへ打ち捨てたとなっておるが、儂にはそのようなことすらできなんだ……かくも無様なモノではあっても、その体を内から支えておるのは、我が愛しい娘の骨であることに相違ないのだからの。

　打ち捨てられずば、ともに人里離れた山奥に籠もればよいと思うやもしれぬ。儂も、それを考えぬではなかった……だが、もしかするとまだ、これを本来の娘の姿と心根に戻してやる道があるのではないかという思いが、どうしても捨て切れなんだ。山の奥に入り、人との接触を断つことは、あらたな方策を得る道を閉ざすのと同義であるゆえ。

　しかし、このようなモノを抱えて、江戸であれ京であれ町中に住むわけにはいかぬ。どうすればよいかと思い悩む日々を送る中で、あろうことかこれが何度か勝手に外へ出、人を驚かす所業を行うようになってしもうた。全ては、儂がこれまで犯してきた数々の悪行(あくぎょう)の報(むく)いであり、最後には役人に斬られて果てるのも、当然の結末なのであろうがな」

　フゴーウ。

　それまで大人しかった、『鬼』が啼いた。半四郎には、「それは違う」と、自らの行いの結果、生みの親をこのような目に遭わせてしまったことを嘆く、泣き声に聞こえた。

　畎翁の目が、己が生み出した『鬼』に向けられた。憎しみの欠片もない、娘を労(いたわ)るのと変わらぬ顔をしていた。

半四郎は、静かな口調で言った。

「清姫どの――あえてそう呼ばせてもらうが、清姫どのは、ただの気儘でそなたの下を抜け出したのでもなければ、ましてや人を驚かそうとして他人の目に触れたわけでもあるまい」

突然自分に異を唱えた若い浪人を、畎翁は見上げた。

「こたび、我らがそなたらを追うきっかけとなった寺に忍び込んで、清姫どのが何を為そうとしていたか、そなたは知っておるか」

何を言い出そうというのかと、畎翁は無言で半四郎を見返した。

「清姫どのが去った後の寺の本堂には、お経が散らばっておった。まるで、誰かが読みあさったように」

「経が……」

「清姫どのは、清姫どのなりに心を痛めておられたのではないか。自分が至らぬためにそなたを苦しめていたことに、の。

それでも、最初は何をすればよいのか自分でも判らなんだ。ゆえに、居たたまれずにそなたの下を抜け出しても、ただいたずらに歩き回るよりなかった。人に驚かれて、逃げ帰らざるを得なくなるまでそうやって外を歩き回り、何が出来るのか自分なりに考えておられた。

思いついたのが、有り難い言葉が並べてあるというお経を読むことだ。読んで中身が判れば、自分もいくらかは変われるやもしれぬ。そなたが、様々なことを学んで自分を生み出してくれたように」

「そんな、まさか……」

半四郎の指摘に、畎翁は茫然としていた。

「清姫どのに心がないなどというは、そなたの思い込みに過ぎぬのではないか。最初、清姫どのが我らの前に出てこなんだのは、そなたに『じっとしておれ』と命ぜられたからであろう。それでも、そなたが危機に瀕するや、言いつけを破って飛び出してきた――そなたを、守るために。それは、清姫どのの赤心、心の底からの想いによる行為ではないのか」

半四郎の言葉が畎翁の内側に十分滲み渡るまで、いささかときが掛かったようだった。若い浪人の話を理解した老人は、朗らかと呼びたくなるような笑い声を上げた。

「なんということよ。心を亡くしていたは、他の誰でもない、儂のほうであったか！」

いつまでも続くかと思われた笑い声は、やがて苦しげな咳に取って代わられた。

『鬼』——清姫が、膝を曲げたまま畎翁に近づいた。言葉はなくとも、生みの親を心配するあまりの行動であることは、目にする者皆が理解していた。

小市が、支えていた畎翁の体を清姫に譲った。向島の岡っ引きは、異形の巨体がそばにきても、もはや少しも恐れる態度を示さなかった。

清姫の腕に委ねられた畎翁が、感謝の目で若い浪人を見た。

「もはや、儂はこれまで——が、後悔はしておらぬ。あなた様のお蔭で、我が憂いの多くを晴らしてもらったのだから。そのために喪う命なれば、少しも惜しくはない。されど、ただ一つの心残りは、これのこと。榊様とおっしゃられるか——これは、あなた様の手で始末をしてもらいたい。どうせ、人の世では生きられぬモノゆえ……」

大事を任された半四郎は、返事をしなかった。畎翁は続ける。

「どうやら、術の力も尽きたようじゃ。これからのこと、ご迷惑を掛けるがくれぐれもよしなに頼み入る」

畎翁の声は、急に弱々しくなった。案じた清姫が、生みの親へそっと手首から先のない右手を差し伸べる。

吠翁は、震える手をようやく持ち上げて、清姫の腕を握った。

「さらば、清姫。わが娘よ……」

力尽きた吠翁の腕が落ちる。

フゴーオ！

清姫が、天を見上げて啼いた。

十二

半四郎、小市、中原の前に、立ち上がっている三人と変わらぬほどの背丈の清姫が膝を折っていた。脇には、そっと横たえられた吠翁が瞑(ねむ)っている。

「清姫どのよ」

半四郎が呼び掛けた。清姫は、わずかに俯いて若い浪人の足元を見ていた。外見の禍々(まがまが)しさを忘れてしまいそうになるほどの、打ち拉(ひし)がれた姿だった。

「身共は、吠翁どのよりそなたの始末を頼まれた。その願いを叶えるかどうか決める前に、そなたに訊きたい」

半四郎や小市よりも腰が引けている中原が、驚いたような目で若い浪人を見る。そうぃえば中原のお供の仁伍は、まだ隅のほうで腰を抜かしたままのようだった。

半四郎は加役同心の視線などには構わず、問いを続ける。

「吠翁どのは、そなたが人の世では生きてゆけぬ存在ゆえ、始末してくれと身共に願うてきた――そなた自身は、どう考える」

清姫は、顔を上げようともしなかった――半四郎の声が聞こえていないのでもなければ、ましてや理解できていないわけでもない。ただひたすら、己の生みの親の願いに従おうとしていた。

「身共は、こう考える。清姫どのが人の世で生きてゆけぬのは、吠翁どのが言われたとおり。なれば、人などおらぬところで生きてゆけばよいのではないか、とな」

清姫の顔が、わずかに上がった。

「そなたのことだけ考えて、申しておるのではない。そなたは、この世にある吠翁どののただ一人の身内。なれば、そなたには吠翁どのの菩提を弔う務めがあるのではないか。

生きてみぬか。吠翁どののために。吠翁どのが、精魂込めて吹き込んでくれた、せっかくの命ではないか」

今や清姫は、しっかりと顔を上げて半四郎を見つめていた。

「誰も人のおらぬところで暮らすは、耐えられぬほど淋しきことかもしれぬ。だが、畎翁どのが今際(いまわ)のきわに示してくれたそなたへの愛情を思い起こせば、生きていけるのではないか。できるところまで、精一杯生きてはみぬか」

清姫は、グウと喉を鳴らした。「本気か？」と訊いていると感じた半四郎は、しっかりと頷いた。何か言いたそうな顔をしていた中原が、堪えきれなくなって後ろから帯の結び目を引っ張っているのは判っていたが、いっさい相手にはしなかった。

清姫が、突然すっくと立ち上がった。驚いた中原が、半四郎の背後で飛び退(すさ)る。

清姫に、もはや敵意はない。畎翁の亡骸(なきがら)をその場に置いたまま、背を向けて三歩ほど歩いた。腰を屈めて拾い上げたのは、半四郎に落とされた己の右手首だった。

切り口にそれを押し当てて、しばらくじっとしている。左手を離すと右の手首はくっついており、清姫は動きを確かめるように指を屈伸させた。

「なんてこった……」

半四郎の背後で、中原が呆れ声の呟きを漏らした。

戻ってきて畎翁の亡骸をそっと抱き上げた清姫は、半四郎を見据えたまま後じさった。そのまま、竹林の暗がりの中へ消えていこうとする。

慌てた中原が、若い浪人に呼び掛けた。

「おい、本気であいつを逃がしちまう気か」

半四郎は、親しき友人を見送るように清姫を見据えたまま、加役の同心に答えた。

「いけませぬか。あのモノは、何も悪いことはしておりますまい」

「そんな、だってお前――」

「あのモノを見た人たちが、勝手に驚いただけ。清姫が驚かそうとしたわけではありません。寺の件にしろ、訪(おとな)った刻限はいささか常識はずれだったやもしれませぬが、畎翁どのが言ったようにもともと人が集まる場所ですし、何も盗ったわけではありませぬゆえ」

「いや、あいつぁおいらに害をなそうとした」

「生みの親を斬られて、憤らぬ者がおりましょうか。あの清姫は、昨年この世に生まれてきたばかり。赤子同然の者が、多少道理をはずれたことをしたとて、咎めることはできますまい――もし呼び止めるのであれば、どうぞご自身でおやりなさい」

そう突き放されてしまえば、中原にできることは何もなかった。

清姫は、竹林の奥の闇の中へ消えていった。最後までこちら向きで、半四郎から目を逸(そ)らすことはなかった。

畎翁を抱えた清姫の姿が見えなくなると同時に、林の中の闇がすっと薄くなったような気がした——いや、気のせいではなく、日射しがこれまでより強く射し込んでおり、今では林の向こう端が林立する竹の間から見えるようになっていた。

もしかすると、陰陽の術を使って自分たちの身を隠していた畎翁と、清姫は同じ術を使えるのかもしれなかった。

薄気味の悪い闇の気配が消えて、加役の同心はいささか元気を取り戻したようだった。

「おい、お前。あんなのを野放しにして、もし何かあったらどう責任を取るつもりだ」

「心配なれば、手配なされたらよろしかろう。人の造りし人が、加役の同心に襲い掛かって逃げたと、人相風体とともに手配書に書き入れて」

半四郎の嘲弄とも取れるもの言いに、中原はぐっと詰まった。そんなことをすれば、自分が嗤い物になるだけだった。若い浪人の言葉には、続きがあった。

「清姫は、そんなことは致しませぬ、決して。それに……」

「それに、何でえ」

若い浪人は、言うか言うまいかわずかに迷ったようだが、結局口に出すことにした。隠す意味はないと考えたからだ。

「清姫の左の脛のところが、わずかに綻びておりました。あの者の命も、そう長くはありますまい」

畎翁の技が未熟だったためか、死去から三十年という長い年月を経た骨を使ったため不完全だったのか、あるいは自然の摂理に逆らう存在はもともとそう長く生きられないということなのか、半四郎に判断はつかない。それでも、ひとつ判っていることはあった。

——清姫は、己の命運を知っている……。

落ちた右手をつけたとき、清姫の体を覆っていた生命の光のようなものが、大きく減じたのを半四郎は知覚していた。

——そうなると知った上で、清姫は行った。

もし知らずにやったとしても、右手がついた後で気力体力が大きく落ちたことには気づいたはずだ。しかし、清姫はいっさい動揺しなかった——それをやれば、どうなるかを知っていたからだとしか思えない。

知っていて、あえてやった。たとえ短い命をさらに縮めることになっても、自分の生みの親の亡骸を大切に運び、葬るにはどうしても右手が必要だったから……。

そんな清姫が、畎翁を悲しませるような所業を行うとは、半四郎にはとうてい考えられはしない。

「親分、一件落着だ。戻ろうか」

若い浪人は、向島の岡っ引きを振り返って告げた。小市は「へい」と、まるで自分の旦那に従うように応じた。

己の連れてきた手先はどうしたかと、中原が仁伍の姿を探すと——仲間内ではずいぶんと偉そうにしている男が、まだ腰を抜かしたまま泡を吹いていた。

※

向島から戻った後、半四郎は叶屋の見世で傷の手当てを受け直して二、三日ほど滞在したが、中原は夜陰に紛れて組屋敷内の自分の家へ戻った。

それから数日、中原は謹慎中の暇に飽かせて、向島で自分が目にしたことについて考え続けた。組屋敷の日常に戻ってみると、あのときの出来事が全て夢であったとしか思えないような気分になってくる。

あれから、仁伍は一度として己の前に姿を現してはいない。他の与力同心の手先も勤めず、ずっと家に籠もったままらしいという噂が耳に入ってきたことだけが、向島の一件が現実だったと思わせる変化だった。

変化といえば、もう一つあった。お頭の建部大和守様より、与力を通じて謹慎を解くという報せが届けられた。ただし、お役目には「出るに及ばず」ということだそうだ。建部様が田沼様の顔色を窺い続けている以上は、いずれ己は小普請にでも移されるものと覚悟しなければならないようだった。

自儘に外出ができるようになったが、お役には戻れない――そんな身の上になってしまうと、恥ずかしくて満足に外も歩けない。たしかにそうだし、表に出たいとも思わないが、ただ一人だけ、もう一度顔を合わせて向島の一件について話したい相手がいた。

中原は、皆が勤めに出た後の刻限を見計らい、周囲に自分を見ている目がないか気にしながら家を出た。組屋敷の近くを離れるまで、自然と足早になってしまう。目指す四谷寺町は、自分の住まう組屋敷がある牛込の酒井家下屋敷裏、通称「馬の首」からさほど離れてはいなかった。

これから行くところには、かつて一度訪れたことがあったから、道に迷うこともない。道なりに真っ直ぐ南へ下り、尾州家上屋敷裏の馬場や鉄砲場の脇を素通りしてさらに南下、甲州街道を横切ると、その先に寺町が広がっている。

中原は途中で横道へ入ると、慈眼寺という古びた寺の山門の前を通った。目指す裏長屋は、この寺の表店の奥になる。長屋の木戸を抜けようとして、向こうからやってくる若い浪人に気がついた。

「また、あなたですか」

半四郎が、うんざりしていることを隠そうともしない声を発しながら近づいてきた。

「そう、厄介者扱いするねえ」

言いながら、中原は木戸の外で佇んだまま待つ。自分でも驚いたことに、今まで目の仇にしていた相手が、なぜか加役の同僚たちよりずっと親しい存在に思えていた。

「で、今日は何のご用でしょうか」

こっちはまだ油薬を塗った紙が顔から取れずにいるのに、外見では無傷に見える若い浪人が尋ねてきた。

「せっかく訪ねてきたのに、道端で立ち話かい。いくら煙ったい相手でも、家ん中に招き入れるぐらいはしてくれてもいいんじゃねえのかい」

溜息をついた若い浪人が応じようとしたとき、横合いから「卒爾ながら」と声が掛かった。

二人して、声の主を見やる。相手は、駕籠を従えた武家であった。道を塞いでいたつもりはなかったが、中原は駕籠が通りやすいよう、さらに木戸へ身を寄せた。

「いや、そうではござらぬ」

と、声を掛けてきた武士。まだ若いが、そこそこの地位にある勤番（江戸詰の藩士）に見えた。

そういえば、自分の後ろをこの一行が歩いてきたのを見た気がする。こんなところに駕籠が入ってくるのかと気にならぬでもなかったが、大名家には関心がないため放念していた。

「何だい、どっかの寺か屋敷へ行く道でも訊きてえのかい」

中原は、伝法に応じた。禄高でいえば自分よりずっともらっていそうだが、中原は将軍家の直臣、相手は将軍の家来である大名のそのまた家来、陪臣である。偉そうにしても、怒りを買うことはない。

「いえ、こちらに榊半四郎様がお住まいだと伺って参ったのですが、間違いございませぬでしょうか」

勤番の武家は、中原の乱暴な口利きに対しても丁寧さを崩さなかった。

中原と半四郎は顔を見合わせる。

「榊は、身共にござるが」

半四郎が、勤番に応じた。その表情を見る限り、若い浪人にも勤番の素性は判らぬようだった。

「これは失礼を致しました。拙者、遠州相良藩の家臣にて、上屋敷で使い番を勤めまする二瓶扶と申します。無礼を顧みず突然押しかけまして、真に申し訳ございませぬ」

二瓶は、若い浪人に向かって深々と頭を下げた。背後では、駕籠を担いできた陸尺たちが倣っている。

——ご老中の！

中原は驚いた。相良藩なら、老中田沼意次のところで間違いない。もしかすると自分は、とんでもないところに来合わせたのかもしれなかった。

「道端で礼を欠きまするが、口上を述べさせていただきます。拙者、主の命を受けた当家用人、三浦庄司の指図で伺わせていただきました。榊様には、もしご都合がよろしければ、当家へお越しいただけまいかとのことにござります。

無論、突然のお招きゆえ無理にとは申しませぬ。ご都合が悪ければ、日を改めますのでお越しいただける日をお知らせいただけぬかと存じますが」

半四郎は、ちらりと中原に目を走らせてすぐに二瓶に顔を戻した。

「いえ、特段何をしておるわけでもない浪人者ですから、今からでよろしいならこのままお供致しましょう――ただし、紋付袴（もんつきはかま）などとおっしゃられても、支度はでき申さぬが」

二瓶は、半四郎の快諾に顔を綻ばせた。

「いやいや、そのようなお気遣いは無用に願いまする。我らにとっては、榊様にお越しいただけるだけで十分にござりまするゆえ」

若い浪人の顔に、懸念が浮かぶ。

「二瓶様、先ほど榊半四郎とおっしゃられたが、お人違いをなされてはおられぬか。身共は、大名家のお屋敷に招いていただくような者ではござりませぬが」

「いえ、決して人違いなどでは。四谷慈眼寺裏店（うらだな）にお住まいになる、榊半四郎様――あなた様で、間違いはござりませぬな」

「……それなれば、確かに身共にござるが」

「では、ご同道を。こちらに、駕籠を用意致しておりますので」

二瓶の伴ってきた駕籠が自分用と聞いて、半四郎はますます面食らった顔になった。

二瓶の視線が、中原に移る。

「ところで、お手前は」

中原は慌てた。つい先日、田沼が救いの手を差し伸べた半四郎を、牢に押し込めたのが自分なのだ。

「いや、ただの顔見知りで、立ち話をしていただけにござれば。榊殿がご老中の役宅で御用なれば、邪魔をするつもりは毛頭ございませぬ——では、拙者はこれにて」

頭をひとつ下げると、半四郎への挨拶も忘れて、あたふたとその場から離れた。十分に距離を取ってから、そっと後ろを振り返る。

木戸の前では、半四郎を無理に駕籠に入れた一行が出立（しゅったつ）するところだった。

加役の同心——いや、今はお役を解かれたから本来の身分である先手組の同心は、榊半四郎という若造の浪人に過ぎない男が、もはや自分の手が届かぬほどの高みに駆け上がろうとしていることへようやく思い至った。

第三話　終末の道標

一

「玄斎殿。これよりご帰宅にござるかな」

薬箱を提げたまま陣屋の門を出た初老の男に、非番で釣りに行こうとしていた峯井春蔵が声を掛けてきた。峯井のお役目は右筆であるが、殿様在国の折は小姓も兼任しており、玄斎とは御座所の近くで頻繁に顔を合わせる間柄であった。

「ええ、坊丸様が少々お腹を下されましてな。今までご寝所に詰めて、ご様子を窺っておりました」

玄斎と呼ばれた男は、頭こそ丸めてはいなかったが、藩主一族に近侍する御殿医を勤めている。

坊丸は、藩主常村久威の子の名だ。久威には、江戸の正室との間に嫡男が一人いて、国許でも御国御前（江戸の正室に準ずる扱いを受ける国許の側室）との間に坊丸をもうけていた。江戸のお世継ぎに何かあったときには坊丸がこの上州川田藩を継ぐことになるかもしれないから、玄斎としても大いに気を遣う治療であった。

結局寝ずの番をすることになった玄斎は、やや疲れた声で右筆に応じた。

峯井が「なに」、と難しい顔をしてきたのは、昨夜坊丸君がご体調を崩されたのが峯井の退出後だったため、初めて耳にした事柄だからだ。

「しかし、玄斎殿がご退出なさるということは、もはや落ち着かれた」

「はい。徳因様もご登城なされましたし、もはや愚昧の出る幕ではなかろうと存じまして」

徳因も、川田藩にあって御殿医を勤める医師だ。玄斎のような新参者とは違い、代々常村家に仕える由緒正しい家柄だった。

「なれば、もはや大丈夫ですな」

非番を返上して登城するまでもないことを確認し、右筆の顔が明るくなった。

ただし、この峯井の言葉を「徳因が詰めているなら大丈夫」と解するのは間違っている。「徳因に任せても大丈夫なほど、坊丸君はご回復なされた」ということなのだ。

長く続く名家というものは、血筋を鼻に掛けるあまり往々にして精進を怠り、腕を落とす。徳因は殿様の周囲から堕落した名門の典型と見なされており、翻って玄斎に掛けられる期待は、当人の重荷になるほど高まっていた。

玄斎が常村家に仕えるようになったのは、このときより五年ほど前のことだった。当時、ようやく父親から藩主の座を継いだばかりの久威は、二度目のお国入りに際して領国内の視察を兼ねた遠乗りに出掛けたところ、山の中でにわかに癪（腹痛）に襲われた。

供をした近習の制止を聞かずに久威が先へ先へと入り込んだため、陣屋へ帰ることはおろか最寄りの人家へ運び込むことも困難な山奥まで踏み込んでしまっていた。殿様が痛みのあまり七転八倒している前で、近習たちは仲間の一人を報せに戻す以外に何もできずにおろおろするばかりであったのだ。

そこへ偶然来合わせたのが、薬草を採りに遠出をしていた玄斎だった。玄斎はもともと山の民であり、殿様の御前へ罷り出られるような身分の者ではない。が、危急の場合だ。後々のお叱りを覚悟で応急の診察をした玄斎の処置が適切だったため、久威の命は救われた。

玄斎は近習に殿様の予後について細々とした注意を与えると、そのまま山へ帰っていった。当人にすれば、川田藩との関わりはその一度きりで終わったはずだった。

しかし、後に玄斎は久威の近習らによって探し出され、川田の陣屋に召し出されることになる。大きな声では言えないが、以後も何度か癪を起こすようになった久威の治療に際し、徳因では殿様が満足するだけの結果をもたらすことができなかったからだ。

玄斎は陣屋のそばに屋敷を賜り、家族も呼び寄せて住まうことになった。殿様の信を得て、徳因と並んで御殿医に任じられたためである。

陣屋の門を出てさほど歩くこともなく、玄斎は己の屋敷に到達した。

「先ほどまで、お百合(ゆり)の方様がお見えでございました」

そう下働きの老爺に告げられた玄斎は眉を寄せた。

「もう、お帰りになられたのか」

「はい、先生がおられぬと聞いてしばらくお待ちでしたが、つい先ほど」

二人の話題となっているお百合の方とは、玄斎の娘のことだ。玄斎が自分の娘を敬(うやま)う言葉遣いをしているのは、お百合の方が久威の側室に上がっているからだった。

わずか一万石の小藩だから格式にはさほどうるさくはなく、玄斎が陣屋そばの屋敷へ移ると、久威が自ら足を向けることが何度もあった。娘の百合は、その折に殿様に見初められた。

百合を側室に望まれたとき、玄斎は「山家育ちゆえ」と申し上げて再三辞退したのだが、久威は赦してくれなかった。玄斎の心の内には御国御前に対する遠慮や憂慮もあったのだが、幸いにも御国御前はお心の広い方だった。

しかし、娘に懐妊の兆候が現れると、状況が一変してしまった。御国御前がお百合の方の懐妊を喜ばなかったわけではない。ただ、たった一万石程度の小藩でも勢力争いがあり、お百合の方がその一方に取り込まれてしまったのだった。

玄斎はお役目上、お百合の方ともよく顔を合わせる。お百合の方がご懐妊なされてからは、その頻度が増した。お百合の方は、診察を口実に周囲の者を遠ざけると、父親にある願いをしてきた。玄斎には、とても応ずることのできない願いだ。

下働きの老爺と短い会話を交わした後、玄斎は薬の保管や調合に使っている部屋へ向かった。何も変わったところは見当たらなかったが、どこかいつもと違うのではと、屋敷の主には思えた。

※

半四郎は迂闊にも、中原が「ご老中の役宅で御用なれば」と口にするまで、自分を招いた大名が、老中の中でも最大の権勢を誇る田沼意次であることに気づいていなかった。

田沼やその家臣と直接の面識はいっさいないものの、田沼意次という名はこのところ自分の周囲で頻繁に耳にしている。まず、自分が中原に濡れ衣を着せられ捕らわれたとき、救いの手を差し伸べてくれたのが、どういうわけか田沼らしい。それより以前に関わった高禄旗本の屋敷における怪異では、田沼に庇護されていたと覚しき学者の影がちらついていた。

そして、住まいが炎上した後小僧の捨吉とともに消息が分からなくなった聊異斎が、姿を消す前に探っていたのも、学者とその背後にいたはずの田沼のことだった。

これら一連の出来事へ、実際にどこまで田沼が関わっているのか、半四郎にはこれまで知る術がなかった。従って、相手が誰か判らぬまま誘いには応じたものの、それが老中の田沼であったことは半四郎にとって望むところだと言えた。今日の招聘を受けたことにより、相手の魂胆が透けて見えるかもしれないのだ。

誰にも告げぬまま誘いに乗る格好となってしまったことに、全く危惧を覚えていないわけではない。それでも、同じ誘いをもう一度受けたなら、やはり自分は二つ返事で応じているはずだった。

もし、田沼に半四郎を害そうという考えがあるなら、一介の浪人者でしかない自分が老中の権勢に逆らえるはずもない。半四郎は、俎の上の鯉の心境で、駕籠に揺られていった。

半四郎を乗せた駕籠は、喰違御門のところで外濠を渡り、半蔵御門から内濠の中へと入った。ここから竹橋御門までは千代田のお城の縄張り内だが、通行の便を考え、昼間は庶民にも通り抜けが許されている。

半四郎も、叶屋を訪ねて神田へ向かうときなど、よく使っている道筋である。しかし、竹橋御門を過ぎるあたりから、垂れの隙間より見える景色が見慣れぬものに変わってきた。どうやら、竹橋御門を過ぎても駕籠はまだ内濠の中を進んでいるようだった。

内濠より中側に屋敷を賜っているのは、御三卿や老中などの顕職にある者たちばかりで、どこの屋敷も塀や門構えからして立派である。半四郎を乗せた駕籠は、中でも華やかな場所へ向かおうとしていた。

華やかな――若い浪人にそう思わせたのは、主がお城へ出仕して不在のはずの屋敷に、来客としか思われない身分ありげな人々が多数出入りをしていたからである。数多い客の利便を考えてか、その屋敷の正門は開け放たれたままとなっていた。

駕籠が、門の脇につけられた。陸尺(ろくしゃく)によって垂れが上げられ、足元に草履(ぞうり)がそろえられて、半四郎は駕籠を出た。

駕籠に付き添ってきた二瓶に伴われ、門の内へと入る。上屋敷の使い番となれば顔を見知っている来客も多いのだろう、二瓶は人々に会釈(えしゃく)をしながら半四郎の案内を続けた。「いったい何者であろうか」という客たちの好奇の視線を感じながら歩く半四郎は、場違いな己のみすぼらしい格好を意識せざるを得ず、どうにも居心地の悪い思いをしながら二瓶の後に従った。

脇玄関(わきげんかん)から中に上げられた若い浪人は、そのままいくつもあるらしい客間の一つに通された。垣根で仕切られた坪庭(つぼにわ)に面する小さな客間に一人残された半四郎の前には、座に着くとすぐに供された茶が置かれている。

小さいながらも端整に造り込まれた庭を眺めながら、無意識に茶を口元まで持ってきて、危うく噎(む)せそうになった。これまで口にしたことがないほど、芳醇(ほうじゅん)な香りが立っている。慎重に喉を通すと、えもいわれぬ甘みと濃厚な味わいが口いっぱいに広がった。

「お待たせを致しましたな」

そう言いながら、一人の男が座敷に入ってきた。小脇差を差した姿は武家に相違ないが、半四郎にはむしろ、如才のない商家の番頭のように見えた。

「いえ、それよりこのようなところへお招きいただき、恐縮しております」

半四郎は頭を下げた。

「申し遅れた。田沼家用人、三浦庄司にござる。以後、よしなに」

「榊半四郎と申す素浪人にござりますれば、一度だけでもお目にかかれましたことを幸甚に存じまする」

半四郎は、「これからよろしく」と言われたことに対し、「身分が違うゆえもうお会いすることはないだろう」と答えたのだった。

さすがに老中の用人は、婉曲な遁辞にすぐ気づいた。それでも、顔には満面の笑みを浮かべながら話し掛けてくる。

「これは、ご遠慮深い。当家の者どもに、爪の垢でも煎じて飲ませたいものにござるな」

「ご冗談を――して、三浦様。ご老中の上屋敷ご用人ともなれば、身共のような素浪人相手に無駄なときを過ごしているお暇などはないと存じますゆえ、無礼を承知で真っ直ぐお尋ね申します。

この一介の浪人者を、お名指しで呼び出されたのは、なにゆえでござりましょうか」

三浦はすぐに答えず、目の前の若い浪人を意味ありげに見やった。

「噂には聞いていたが、これはなかなか。相手への気配りをしながら剣術の仕合のように衒いなく斬り込んでくる拍子の取りよう、まさに得がたき人物かな」

ぼそりと呟いたが、半四郎には自分に聞かせるためのおだてであろうと感じられた。だから、あえて反応を見せずじっと相手の返答を待ち続けた。

三浦はますます気に入ったという表情を作りながら、口を開く。

「榊殿は、当家の成り立ちをご存じですかな」

「公方様（将軍）の御側御用取次をなさっておられた田沼様がご出世をなされ、大名にお取り立てになったと伺っておりますが、詳しくは」

それ以上の詳細は知らないと、正直に述べた。三浦が、これに応ずる。

「我が主主殿守が大名になったは宝暦八年（一七五八）、今から二十四年前のことにござる。以後、順調にご加増をいただき、今では禄高が四万七千石になり申した。されど我が田沼家は、今の当主の前の代、有徳院様（八代将軍吉宗）に紀州よりお連れいただいたときは、たった三百俵取りの小姓にござった」

心の内では何の自慢かと思ったが、半四郎は顔には出さずじっと聞いていた。

ちらりと若い浪人を見た三浦は、見透かすように言葉を重ねる。

「別に、得意になっておるわけではござらぬ――むしろ、憂えておるのでござる」

「憂える？」

眉を顰めた半四郎へ、三浦は大きく頷いてみせた。

「考えてもみられよ。三百俵から四万七千石まで、百五十倍にも膨れあがってしまったのでござるぞ。そのように大きくなった図体を支えていくためには、どれほどの家臣が新たに入用になったかということを」

「……しかし、田沼様のご威光があれば、人など選り取り見取りでございましょう」

「質さえ、問わねばの」

「まさかに。いくら何でもこの世の中、そこまで人材は枯渇しておりますまい」

冗談として軽く受け流した半四郎へ、三浦は身を乗り出した。

「ある種の人材については、榊殿の言われるとおり。自ら売り込みにかかり、派手派手しい功績を挙げられると高言する連中なれば、いくらでもやって参りますし、当方としても人物を見極め、必要なれば実地にやらせてみて、有能な者から拾い上げていけばよいだけ――実は、拙者もそうやって当家に仕官した一人でござるがの。

しかし、それではなかなか手に入らぬような人材もござってな。目立つことを好まず、こつこつと着実に足元から固めていく――本当はそのような者こそ、お家の根幹を支えるのに欠かせぬ重要な人材なのでござる。

さりながら、これがなかなかに見つけづろうござってな。もともとが目立たぬ人柄の上、大人しい御仁が多いゆえ、見つけ出すのにひと苦労するのです。さらには、ようやく見つけたと思うた人物が、当家の家臣となった途端に豹変する、ということも少なくござらぬでな」

「豹変……」

「左様、我が主は幕閣でも重責を担う立場にあるゆえ、誘惑も少なくはござらぬ。そしてなかなか断りがたい誘いが、主ばかりではなく下のほうまで及んでくる。

これが、表舞台で派手派手しく動く者なれば、目立つしこちらもわきまえておるゆえ、実際にはさほどの害にはなり申さぬ。ある程度は目こぼしも致しますしな。しかしながら、裏で地道に働く者らにこれをやられると、お家の根太は一気に腐って、覆りかねぬのでござる」

話の筋は理解したが、それをなぜ部外者の己に話すのか、その意図が不明である。半四郎が問う目で三浦を見ると、相手もひたりと見つめ返してきた。

「まずは、七十石」

「は？」

「そこから始めるということで、納得いただけぬか」

「何のことにござりましょうか」

「そこまで惚けずともよろしかろう。当家に、七十石で仕官していただきたいと申しておる」

半四郎は、突然の申し出の法外さに、呆気に取られていた。どこかで似たような経験をしたなとふと思ったが、そんなことを考える前にやるべきことがあった。

「ご冗談を。身共は、藩士であったころも五俵扶持の軽輩にござった。とてもとても、さほどの禄高で抱えられるお方に任せられる仕事など、でき申さぬ」

「ご謙遜は不要。それに、禄が多いなどということに、気後れする必要はござらぬぞ。先ほど口にしたとおり、当家は百五十倍以上の禄になり申した。もし当家に仕えるなれば、たかだか十数倍程度で驚くにはあたり申さぬ。

拙者は、『まずは七十石』と申し上げた。働き次第では、いくらでも加増が見込めるのが当家のよいところじゃ。なにせ、四万七千石は今の禄高に過ぎず、これより先さらにご加増されて参るお家にござるからの」

三浦は、誇らしげに言い放った。

「それはともかく、身共のような者を七十石もの禄で抱えて、何をさせようと仰せなのでしょうか」

半四郎をじっと見た三浦は、問いに答えた。

「榊殿なれば何でもできようが、とりあえずの目当ては、国許を治める手助けを」

「お国許を治めるお手助け？」

「そなたが江戸に出てよりの行状、何も知らずにお呼びしたわけではござらぬ。この江戸でもいろいろと起こっているようだが、それは相良も同じ。榊殿、我が国許の異変を鎮め、蒼氓の動揺を抑えるのに力を貸してはもらえぬか」

「それは……」

異変が起こっているのは江戸の中だけではないはずと聊異斎に言われ、一緒に旅に出てそのとおりであったことは自分も直に見て知っていた。従って、三浦の言葉が嘘だと断定することはできない。

「いかが」

陣頭に立って幕府を切り盛りする老中の用人は、身を乗り出して返答を求めてきた。

「ほう、今日呼び出したか」

ここは、神田橋様——田沼意次の御座の間。お城から下がった神田橋様が部屋着に着替えてようやく落ち着いたところへ、筆頭用人の井上寛司が伺候して本日の首尾を告げているところだった。

「で、どうなった」

「三浦によれば、七十石の禄にも釣られなかったと」

「ほう。食い詰め浪人が、餌に釣られなんだか——百でも二百でもよかったものの、あまりに多くても『話がうますぎる』と警戒されかねぬと思うたゆえの禄高だったのだがな。七十でも、ちと多すぎたか……」

神田橋様の呟きに、井上が応じた。

「おそらくは、どのような話でも、すぐには乗ってこなんだと思われまする」

「さほど食うには困っておらぬか」

「はい、どうやら、妖し退治なる珍妙な商売で、それ相応の稼ぎにはなっておるようにございますからな」

「あの、老人と小僧がおらぬようになってもか」

「今のところは。まだ、以前の信用が残っておるゆえ、あと少しは食いつなげるという程度やもしれませぬが」

次の問いを口にする、神田橋様の口調は冷えたものになった。

「それで、老人と小僧のほうは。まだ、居所が摑めぬか」

「は、いまだ。懸命に捜させてはおりますが、大っぴらに手配書を回すこともなりませず、いささか苦労しておるようで」

叱責を喰らうかと覚悟した井上だったが、神田橋様は「そうか」と頷いただけだった。

「殿。何か、お考えがおありで？」

付き合いの長い筆頭用人が、主のわずかな変化を察して問うた。

「うむ、そなたらのことでも、件の老人と小僧のことでもないが。多少、気になることがあるゆえな」

「それは」

「八丁堀の豎子（小僧っ子）のことよ。お上の手の者まで使って調べさせているが、いまだ何の手掛かりも得られてはおらぬ。少々、不審を覚え始めたところでな」

「まさか、何もないはずがございますまい。さほどに、隠し立てが上手いと？」

「そうかもしれぬが、薩摩にすら入り込んで御用を勤めて帰る者どもぞ。白河程度では、なかなかに考えづらかろう」

「では、何があると？」

腹心である井上のこの問いに、神田橋様は答えようともせず、何かを考え込んでいた。

二

玄斎が陣屋に呼び出されたのは、お百合の方が突然父親の屋敷を訪ねてから十日ほど後のことだった。坊丸君が、またご体調を崩されたという。

急ぎ陣屋へ上がり奥へ向かった玄斎だったが、坊丸君の寝所へ入ったときには、すでに手の施しようもない状態だった。

ぐったりとした坊丸君の手を御国御前が握っている脇で、もう一人の御殿医である徳因が茫然としていた。

「どうなされました」

玄斎の到着にも気づかぬほど息子の容体に気を取られていた御国御前が、はっとして顔を上げた。

「坊丸様が、急にご気分がすぐれぬと言い出された後、このように」

「御免」

玄斎は徳因を押し退けるようにして、坊丸君のすぐそばに座した。常ならばこのような出過ぎたまねを先達に行ったりはしないが、遠慮をしながら座を空けてくれるのを待っていられないほどのご病状だと看て取っていた。

普段のもの言いからすれば、皮肉を口にするどころか激高してもおかしくない徳因が、このときばかりは素直に座を明け渡した。

玄斎には、その先達に礼を言っている間も惜しい。御国御前や近習に、倒れる前後の坊丸君の様子を矢継ぎ早に問い質していった。その間、手や目は坊丸君を診察するので忙しい。指で目蓋を開けられ、あるいは顎に手を当てて無理に口を開かされて覗き込まれても、坊丸君にいっさい反応はなかった。

「なぜ、このようになるまで」

遠慮をして語尾を明瞭にはしなかったが、「こうなるまで自分を呼ばなかったのはなぜか」という問いだった。さすがに、非難の色を完全に隠すことはできなかった。

「徳因が、なにほどのこともない、すぐに本復なされると申して、自信満々であったからの」

普段は穏やかな御国御前が、坊丸君の寝床から離れた徳因を刺すような目で睨みながら言った。誇り高い代々の御殿医は、何も返答することができずにうなだれている。

どこの馬の骨とも判らぬ新参者の医師を蔑んでいるばかりでなく、そんな者が自分よりも周囲から好意を持たれていることが腹立たしくてならないという態度を、普段から隠そうともしない男である。御国御前が玄斎に頼ろうとするのを妬んだと同時に、坊丸君の症状を見くびったため、己単独での治療に固執したのであろう。

「玄斎、どうじゃ。坊丸様は、いつご回復なされる」

視線を目の前の医者に戻した御国御前が、縋るように訊いてきた。

診察を終えた玄斎には、気休めを口にすることができなかった。

「何とも申せませぬ。ともかく、お気がつかれるのを待つよりないかと」

そうならないと、薬を飲ませることも難しい。

おおお、と嘆きの声を上げた御国御前は、また息子の手に取り縋った。

「ともかく、薬を調合致します」

玄斎はそう断って隣の部屋に座を移した。

近習に願い、陣屋の中に置いている薬研を持ってきてもらう間、薬箱を開いて必要な物がそろっているか確かめる。そこへ、坊丸君の寝所にはいたたまれなくなったのか、徳因がやってきて薬箱の向こうで膝を折った。

「玄斎どの。そなた、どのようにお見立てになられた」

普段なら呼び捨てで、こんな丁寧な言葉は使ってこない。よほど動揺しているように思われた。

「はて。お倒れになられる前後を自分の目では見ておりませぬゆえ、確かなことは」

このまま坊丸が儚くなれば、自分の地位が危ういと感じているのか、徳因は早口になってまくし立てた。

「かほど急に容体が変わるような症状ではなかった。かような症例は、今まで長年医道に携わってきた当家の記録にも——」

言い募る代々の御殿医を、玄斎は「徳因様」とひと言で遮った。

「これより調合致しまする薬は、他の物よりも格段に匙加減が難しゅうございます」

こちらの気を散らさせるな、近くで息を吐きかけてくることはおろか、風も起こすな、という意味である。

「……そうか」

ぴしゃりと拒絶されて、徳因は言葉を失った。そのまま無言で、悄然と部屋から立ち去っていった。

普段から、玄斎の治療を下賤なやり方と見なして関心を向けず、逆に己の医療は門外不出と称して、同僚である玄斎にも中身をいっさい教えようとはしてこなかったのが徳因だ。今さら、「どんな薬を調合しようとしているのか」などとは問えなかったのであろう。

玄斎にも今は、失意の徳因に気を遣っている余裕がなかった。坊丸君の容体を案じる思いが非常に強いのは確かだが、心の中の憂いはそればかりではない。

――この、症状……。

玄斎には、そうであってくれるなと思いながらも、考えずにはいられない心当たりがあった。

※

田沼の上屋敷に呼ばれ、仕官を求められた半四郎は、「宮仕えは懲りましたゆえ」と称して色よい返事をしなかった。

それでも用人の三浦は容易に諦めようとはしなかったが、最後にはとうとう「では、すぐに返事は求めぬゆえ、よくよく考えてくれ」と言って解放してくれた。駕籠で送ってくれるというのを断って田沼の屋敷を出た半四郎は、近所まで来たついでに叶屋の見世へ立ち寄った。

「これは、榊さま。本日はいかがなされましたかな」

清姫の一件で図らずも振るうことになった愛刀を、叶屋に手入れを頼んで預けていたものの、まだ研ぎ上がるにはしばらくかかる。それゆえの、問いであった。

「ちと、近くに来る用がありましたので、顔を出してみました。ご商売のお邪魔をする気はありませぬ」

「何をおっしゃいますか。榊さまなら、いつでも大歓迎でございますよ——ところで、この辺りにご用とはお珍しい」

顔を見てきた叶屋へ、若い浪人は苦笑を返した。

「なに、野暮用にござる」

気働きの利く刀剣商の主は、それ以上深く尋ねてはこなかった。

それから数日は、なにごともなく過ごした。相変わらず聊異斎と捨吉の消息は知れないままだったが、半四郎は己の半身を欠いたような今の状態にも、どうにか慣れ始めていたと言えるかもしれない。

久しぶりに朝の独り稽古をたっぷりとこなした半四郎は、行水と朝餉(あさげ)を終えて、さてこれからどうしようかと長屋の店(たな)で宙を見上げた。すると、入口の腰高障子に人影が映った。

「ご免くだされ。こちらは、榊半四郎様のお住まいで間違いございませんでしょうか」

影からすると中間(ちゅうげん)か奴(やっこ)のようだが、また田沼様から何か言ってきたかと、若い浪人は顔をしかめた。とはいえ、居留守を使うわけにもいかない。諦めて、腰を上げた。

「いかにも榊は身共にござるが」

戸を開けて、訪ねてきた男に言った。やはり中間であったが、田沼様から使わされたにしては、少々身なりが粗末に見えた。

「お手紙をお持ち致しました」

誰からという口上もなく、差し出してきた。渡して帰る素振りもなく立っているところからすると、半四郎の返事を待っているらしい。ともかく、中身を見る前に差出人を確かめた。

思わず、口元が引き締まる。無言のまま、巻かれた紙を広げながら書かれてあることを読んでいった。

読み終わった半四郎は、顔を上げて使いの中間へ目を向けた。

「承った――そうお伝えいただければ、お判りになろうと存ずる」

それだけ、申し伝えた。

「では」

いくぶん不満そうな顔をして、中間は去っていった。去りぎわに軽く頭を下げたが、主の使いをなす者としての十分な礼を欠いていた。

理由は、はっきりしている。昔の半四郎よりも、今の自分のほうが扶持は多い――つまり、士分とは名ばかりで郷士と変わらぬような存在だった半四郎よりも、実際の身分は自分のほうが上だと思っているためだ。そんなことをあの中間が知っていたのは、かつて半四郎が属した藩の奉公人だからだった。

手紙は、東雲藩上屋敷用人、森本外記の名で出されていた。

――本日正未の刻（午後二時ごろ）、当家上屋敷へご来駕を乞う。

書かれていたことはそれだけだ。田沼家からの招きとは違って、こちらの都合を確かめる配慮もなければ、迎えをよこす気遣いもなかった。

――まあ、元五俵扶持の下士であった、己のところの家臣ということとなれば、このようなものか。

そう思えば、腹も立たない。

――しかし、今さら我に何の用か。

どのような用事があって呼んだのか、手紙には何も書かれてはいなかった。

自分は、当時の藩主の意向に真っ向から逆らい、藩を抜けた。藩主の望みが、すでに亡き女（ひと）の想いもろともに半四郎を押し潰すことであった以上は、抗（あらが）ったことに後悔はない。その後曲折があって、命を狙われていた自分は藩を召し放たれ（追放され）たこととされて、そのまま忘れ去られたはずだった。

その藩主も、在国中の昨年の冬、突如起こった大火に巻き込まれてすでにこの世の者ではないと聞いている。藩主だけでなく、国許の主だった者らも多くが鬼籍（きせき）に入ったはずだから、今さら五俵扶持の下士だった男に関心のある者など残っているはずがなかった。

そればかりではない。東雲の城下の大部分もその業火に灼（や）き尽くされた直後であり、その意味からも、郷士にも近いような下級の元藩士一人に、かかずらわっている余裕などないはずだった。

ではなぜ、などと考えてみても、思い当たることなど一つもあるわけがない。先の藩主の恨みを、今度の殿様が引き継いでいることが全くあり得ないとは言い切れなかったが、当時ですらお上を憚って江戸での始末を断念した連中が、この非常時にお上から厳しい目を向けられかねないことに手を出すというのも道理に合わない。

それに、こたびの藩主は縁戚の大名家からやってきた、東雲とは何の関わりもなかった急養子のはずだ。ならばやはり、先代の遺恨を引き継いでいるということはあり得ないものと思われた。

昼だけは食べたが、今さらなぜ呼び出されたかをうだ〳〵と考えているうちに約束の刻限が近づいてきた。半四郎は、場合によっては上意討ちに遭ったり囚われたりする事態も起こり得ることを念頭に置きつつも、いっさい躊躇うことなく先方指定の上屋敷へ向かった。

藩士だった時分は故国から出たことがなかった。それゆえ、東雲藩の江戸上屋敷を訪れるのは今日でやっと二度目のこととなる。

前回は、国を抜け江戸へ出て三月ほど経った後、仇討ちを名目に白刃を燦めかせながら現れるはずの藩士たちが全く姿を見せぬため、痺れを切らして自分から乗り込んだときだった。ところが、誰も自分を仇と狙ってなどいないどころか、脱藩の罪を犯したことすら消し去られて、自分は藩から追放されたことになっていると聞かされた。

命を賭けた己の行為をいっさい無かったことにされた半四郎は、命を捨てる場所すら奪われて自暴自棄になりかけた。そこで聊異斎と捨吉という奇妙な二人連れと出会っていなければ、どこまで堕ちていたか自分でも判らない。二人は、己にとってまごうかたなき命の恩人だった。

ともかく、知らぬ間に完全な厄介者扱いされていた前回とは違い、門前で訪いを入れた半四郎はすぐに中へと通された。部屋もまともに客を迎えるための座敷のようで、あろうことか茶まで出されている。初対面のときは一刻以上も待たせてようやく顔を出した用人の戸田が、こたびは座が暖まる暇もないほどすぐに姿を見せた。

「ご無礼仕る」

そうひと言断ってから入ってきた戸田は、顔を強張らせているように見えた。

「榊殿、よくぞお越しくだされた。まずは、こちらから急にお呼び立てしたことをお詫びするとともに、礼を申し上げたい」

上屋敷の用人は、まずそのように述べるとしっかりと頭を下げた。

前回、塵芥を放り出すような扱いを受けた半四郎は、呆気に取られるよりない。

「それにしてもお久しぶりにござるな。元気にしておられたか」

ぎこちない笑顔まで向けられたときには、よもや自分は今、狐にでも化かされているのではないかと、頬を抓りたくなった。

相手が返答を待つ顔なので、仕方なく口を開く。皮肉なもの言いになるのは、これまでの経緯を思えばやむを得なかろう。

「前回伺ったときには、上屋敷の近くは彷徨くなとのご諚でしたからな。久しぶりなのは、当然にござろう」

半四郎の冷たい返事に、戸田は「それは……」と絶句する。それでも座を取り持たねばと、無理に口を開いた。

「あのときは、そうせざるを得ぬ状況であったゆえ」

「今は、ご当主が代わり状況が変じましたか。ずいぶんとご勝手なことにて、いまだ奉公をなされている皆様は、たいへんでございますなぁ」

重ねて痛烈な皮肉を浴びせられ、年を経た用人も返答に窮した。しかし、この程度で一度は全てを失った若い浪人の溜飲が下がりはしない。

「して、近づくなとまで申し渡した身共をわざわざ呼び寄せた用を伺いましょうか——もっとも、お役に立てるとは全く思っておりませぬが」

掌を返したようなこたびの戸田の態度を見て、もしかすると藩に関わるどこかで怪異が生じ、半四郎の評判を聞いて依頼が叶わぬかと手前勝手な算段をしたのではと、若い浪人が憶測しての受け答えである。

用人の戸田は白髪頭を上げると、真剣な表情で訴えてきた。その話は、半四郎の想像とはだいぶかけ離れたものだった。

「そなたも知っておろうが、東雲のご城下に大火が生じ、ご帰国中の藩主鬨春様ばかりではなく多くの藩士が命を喪った。さらには、東雲の町も大半が灰燼に帰し、町人にも大きな被害が出た。

しかしそれでも、藩は永続させねばならぬ。あまりの惨状に斟酌あってか、幸いにもご親戚筋から今の永春様を急養子に迎え入れることをお認めいただけたが、藩の復興には、いまだ長い歳月と莫大な費えが掛かる。先々代の重直様のとき藩政立て直しに成功し蓄えた金はすでに使い果たしており、我ら藩士一同はこれより地を這いずる苦労を覚悟でことにあたっていかねばならぬ」

戸田の悲痛な真情の吐露も、半四郎の胸に響くことはなかった。

「それはたいへんでござりまするな。で、そうしたお家の事情と、身共に何の関わりが？」

戸田は、がばりと両手をついて半四郎を見据えた。

「榊殿、無理を承知で頼み入る。当藩に、籍をお戻し願えぬか」

さしもの半四郎が、一瞬言葉を失った。先日、老中の田沼のところから予想もしておらぬ打診を受けたばかりであったが、こたびはそれを大きく上回る青天の霹靂だった。じっと返答を待つ相手へ、ようやく言葉を発した。

「何を、仰せで？　身共は、藩より召し放ちを受けたはず」

「その沙汰は、当藩の大きな誤りであった。今の殿——永春様も、撤回に異論はないとおっしゃっておられる」

「無益なことを。もし万が一、身共がお申し出を受けたとしても、現実に藩に戻って何かを為すなどということがあり得るとお考えか」

いまだ相手が本気で言っているのか信じられぬ思いの若い浪人をじっと見て、戸田は続けた。

「榊殿、どうやら貴殿は勘違いをしておられるようだ」

「勘違いと？　籍を藩へ戻せと言われたかと存じたが、聞き違いということにござるか」

「いや、そうは申したが、何もこの先ずっと当藩で奉公せよなどという話はしておらぬ」

戸田が何を言わんとしているのか、半四郎には理解がつかない。国許の惨状に動転するあまり、この老人、惑乱(わくらん)でもしたのかとさえ考えた。

半四郎の困惑に構わず、戸田は告げてきた。

「ご老中の田沼様と競い合って、そなたを手許に置いておこうなどという不遜(ふそん)な考えを、当家は持っておらぬ」

半四郎はまた驚かされた。

「なぜ、田沼様から身共にお誘いがあったことを」

「元とは言え、そなたは当家の藩士であった。律儀な田沼様は、事前に断っておくのがけじめとお考えになられ、わざわざお留守居役を通じて申し入れてこられたということよ」

「競い合うつもりがなくば、なおのこと、なぜ」

戸田は、背筋を伸ばして問いに応じた。

「榊殿。そなたがこのまま田沼家へ仕官すれば、それはただご老中をなさっておられる大名家が、浪人を家臣に組み入れたというだけのこと。しかし、そなたの籍がまだ当家にあるということになれば――」

「東雲藩は、ご老中の田沼様に形ばかりであっても貸しが作れる……」

ようやく、半四郎にも戸田の意図するところが判明した。苦い笑いがこみ上げてくる。己がかつてその一員であった藩は、半四郎のような者を必要としているわけではなかった。戸田が頭を下げ、媚びてきたのは半四郎にではなく、半四郎の背後に見える老中田沼の影に対してだった。が、これで改めて己の分をわきまえられた。その意味では、戸田に微かな感謝すら覚えた。

「お考えは承りましたが、身共には関わりなきことにござるな」

冷たく突っぱねる半四郎に、戸田は膝を乗り出した。

「そなたを、こちらのいいように使うことだけ考えておるわけではない。榊殿、当藩に籍を戻してもらえるなれば、その分の扶持を支給しようではないか。無論、実際に藩邸へ来て働けなどと申すつもりはない。そなたはただ、黙って扶持だけ受け取ればいいのだ。

おお、そうだ。当藩での扶持が多ければ、田沼様にはそれだけ高く召し抱えてもらえよう。先方からは、いかほどと言われている。二十俵か、三十俵か——そなたが望むなれば、当藩は五十俵出してもよいぞ」

悲しいことに、必死さが、滑稽だった。見るに堪えず、その場を辞すことにした。

「せっかくのお申し出ながら、身共は、田沼様への仕官はお断りしております。ご期待に応じられず申し訳ありませぬが、ご用件がこのようなお話なら、骨折り損にござりましたな」

「まさか、田沼様からのお誘いを断るなど、そんな……」

「それでは、用が済みましたならばこれで」

半四郎は、立ち上がった。

「ま、待て」

「力尽くでお引き止めになられますか。なれば、敵わぬまでもお手向かい致しますぞ。それが、お断りしたとは申せ、身共を認めてくださった田沼様を落胆させぬ、武士の有りようにござりましょうからな」

たとえ自藩の藩邸内とはいえ、老中から引きのある人物を無理矢理どうこうするなど、主家の安泰を願う用人にできるはずがない。

「榊殿っ」

戸田は、悲痛な声を上げた。

「御免」

半四郎がその場を後にしたとき、寂しいことにいささかも気持ちの揺れを感じはしなかった。

三

残念なことではあったが、坊丸君をお救けすることは、玄斎にも叶わなかった。徳因は公には咎められなかったため陣屋への出入りをこれまでどおり続けてはいるものの、藩主一族の診察という実際のお役目に際しては、一歩退いた態度を取るようになった。玄斎の役割が、今まで以上に重くなったと言える。

藩主である久威様は参勤による江戸出府中であり、坊丸君の葬儀は大仰なことを行わず、質素に営まれた。御国御前のお嘆きは、傍から見ている者も涙を誘われるほどに深かったという。

この葬儀に、お百合の方は出産間近を理由に参列せず、代理の者を出しただけだった。

「順調にござりますな」

実の娘であるお百合の方の診察を終え、玄斎は語り掛けた。実際には、いくぶんかの不安を感じていたのだが、それを口に上せることはしなかった。たとえ自分の憂いが的中していたとしても、医師の治療によってどうにかなることではなく、運を天に任せるよりない類の話だったからである。

「ここからは、実の父と娘の話じゃ。皆、下がっていよ」

お百合の方が、人払いを命じた。お付きの者たちが、全員退席していく。藩主の側室ともなれば、実の娘とはいえ医師という身分でしかない自分が口を出せる立場ではなかった。

「父様、お願いしていた物は、まだいただけませぬか」

二人きりになると、お百合の方は陣屋に上がる前のころの呼び方で、玄斎を呼んだ。

「あのような物、手許に置いてなんとなさいます」

父親のほうは、現在の身分の差を忘れぬ言い方をした。内心では、「もはや必要ないであろう」とは思いながら、それを口調にも表情にも表すことはしなかった。

「先日、坊丸様がお亡くなりになられました」

何を言い出すつもりかと、新参の御殿医は己の娘を見た。玄斎がそうであったろうと思っているとおりならば、お百合の方にとってできるだけ触れられたくない話題のはずだった。

お百合の方は、父親の気持ちなど気づかぬように己の思いを話し続ける。

「これで、もし江戸の若君に万一のことがあった場合は、妾のお腹の子が常村のお家を継ぐことになります。しかしこの陣屋には、そうさせたくない者もおりましょう。妾は、恐いのです。何か、頼れる力を手許に置いておきたいのです。その気持ちは、坊丸様が亡くなられた今だからこそ、ますます強くなって参りました」

「しかし、あのような物をお手元に置いたとしても、御身やお腹のお子様を守る役に立ちは致しませぬぞ」

「何かあったときに使おうということではないのです。ただ、妾は幼いころよりあの物に関わる話をずっと聞いて育ちました。今ではあの物は、妾にとって強きものの象徴となっておるのです。

懐妊中で心が揺れ動いているということもあるやもしれませぬ。が、そうであるからこそ、頼りになる物を、確かにこの身のそばに置いておきたいのです」

自分たち一族の精神的な支柱となっていることは、お百合の方の言うとおりだった。しかし、あの物だけがそうだというわけではなく、一族の中で語り継がれているものは他にも少なからずある。

その中でお百合の方があの物だけにこだわっているとすれば、それはあの物自体の力の強さというより、あの物だけに惹かれるお百合の方の嗜好や性質の問題だと玄斎には思えた――ただし、お百合の方の述懐をそのまま素直に受け止めたならば、ということではあるが。

「お気持ちはよく判りました。しかし、ご懐妊で少々気鬱の症状が出たため、不要な物にこだわっておられるという気が致します。

第一、お腹のお子様が必ず男子と決まったわけではありますまい。もしそうしたご心配をなさるにしても、お生まれになった後で十分間に合うのではと存じまするが」

お百合の方が、キラリと眼を光らせた。

「我がお腹のお子様は、男の子にございます」

はっきりと、断言した。「思い込みということもある」と言いたげな父親へ、言葉を続ける。

「妾には、確信があるのです。同じ一族の血が流れる父様なれば、お判りでござりましょう」

玄斎は「そなた」と呼び掛けそうになって、慌てて口を噤んだ。

玄斎やその娘の百合は、玄斎が常村久威に御殿医として召し出されるまで、山の民であった。ただ山に暮らす者、というだけではなく、太古から特殊なお役目を担わされてきた一族の裔(すえ)だったのだ。その役目とは、山々の中でも特に尊崇されるお山の、山守(やまもり)というものだった。

藩によっては、山の維持管理や調査開拓などを行う役人、たとえば東雲藩で半四郎が従事していた山方役のような勤めを、山守と呼ぶところもある。しかし、玄斎一族が担っている「山守」は、これとは全く違ったお役目だ。

玄斎一族の山守は、藩から命ぜられたものでもなければ、それより昔、朝廷の官衙(かんが)に任じられたものでもない。山で暮らす人々の中で、相応の能力を持つ者たちによって、自然発生的に担われるようになった役割であった。その有り様は、太古から存在する社において、誰に命ぜられたからでもなく神に仕えるようになった神官や巫女(みこ)に近いものがあると言えるかもしれない。

その役目をひとことで言うなら、「山の怒りを鎮(しず)め、鎮めきれぬときはなるたけ被害の出ぬように、うまく力を解放する」ということになろうか。このようなことができるのは、山と感応し、山と一体化するような能力の保持者だけだった。

お百合の方が父親に述べたのは、己に備わるそうした山守の力を使って、お腹の子の性別を判断したということだ。

玄斎は、無言でじっと娘の顔を見た。

「お信じになりませぬか」

いえ、と首を振った玄斎が心の内で考えていたのは、「そなたの言うことが本当なれば、今自分が覚えている不安についても察していて当然なのではないか」という疑問だった。

しかし考えてみれば、己の命に関わることは、当人には察知できない仕組みになってしまっているのかもしれない。そうでなければ、臆してしまって山守としての仕事を全うできないようなこともあろうからと、玄斎は思い直した。

「どうしても、と仰せでしたら、江戸のお殿様にお伺いを立ててみましょう。お殿様のお許しが出ましたならば、ご用意致しましょうほどに」

玄斎の答えに、お百合の方は「なればよい」とそっぽを向いた。自分の娘ながら、これまで見たこともない他人の顔をしていた。

※

東雲藩の上屋敷を後にした半四郎は、心が波立ったままに歩みを進めていた。上屋敷は、赤坂御門外の紀州家上屋敷より南へ下ったところにある。半四郎が住む四谷寺町の裏長屋とは、紀州家上屋敷を挟んでちょうど反対側、おなじくらいの距離という位置関係だった。

　心中穏やかならぬからと言って、どこか行く宛てが他にあるわけではない。足は、自然と自身の長屋のほうへ向かっていた。

　それでも、真っ直ぐ帰りたくないほどの屈託はあったのだろう。お濠のほうへは向かわずやや遠回りをして、宮方門前広小路から紀州藩邸の背後をぐるりと巡り、安鎮坂（権太坂）を下って鮫ヶ橋前から寺町のほうへ北上していった。

　鮫ヶ橋谷町を左手に見ながら歩いていると、背後から騎乗した武家に追い越された。遅ればせながらさらに道の端によって、邪魔にならぬようにする。

　と、何を考えたか、騎乗の武家が馬を止めて、馬の首ごと後ろを振り向いた。背後から遅れてくる連れでもいるのかと思ったが、視線は自分のほうへ落ちているようだ。

　騎乗できるとなればそれ相応の身分であることになるが、道の途中で馬を止めて諸人の通行の邪魔になっても、平然としている。ともかく、半四郎には見憶えのない顔だった。

「卒爾ながら」

　馬上の武家は、やはり半四郎に声を掛けてきた。馬の口取りや供の武家は大人しく主のやることを見ている。

「身共にござろうか」

半四郎は、相手を見上げながら近づいていった。

「違っておったらご容赦願いたい。貴殿は、榊半四郎殿ではござらぬか」

騎乗するほどの身分の武家に道端で突然こちらを見知っていると声を掛けられ、若い浪人は驚いた。

「いかにも榊にござるが、あなた様は」

「いや、無礼を致した。神田橋様が望むほどの武家、いかほどの御仁かと思うて、ついお声を掛けてしもうた次第――なに、名乗るほどの者ではござらぬ。ご先祖様の墓参りに来た途中、偶然お見掛けしたため我慢ができなくなっただけ。気紛れじゃ、赦されよ」

そう言うと馬上のまま頷くように一礼し、ゆっくりと馬の歩みを進めて去っていった。人の名を確かめて己で名乗らぬのは無礼千万だが、そうと感じさせないほど悠然とした姿に見えた。

――これも、田沼様などという雲の上のお方から声を掛けられた余波なのか。

上屋敷に招かれたとき、半四郎のことを見ていた客の一人なのかもしれない。それにしてもこちらの名まで知っているとは不可解だったものの、わざわざ呼び止めるようなことの荒立て方をしてまで追求する気にもならずに看過（かんか）した。

馬は次の角を右へ折れた。半四郎がその角まで行き着いてふと騎乗の武家が曲がったほうを見ると、半四郎がこれまで歩いてきた右手の塀を巡らした寺へ、馬を降りて入っていくところだった。

半四郎は正面に向き直り、角を曲がらず真っ直ぐ己の長屋のほうへ向かった。

そうして己の長屋がある慈眼寺門前まで来たとき、若い浪人は考えを変えて長屋の地主である寺の山門を潜（くぐ）った。

突然顔を出したわけだが、住職の道明（どうみょう）和尚は寺にいて、半四郎の相手をしてくれた。

「さて、今日は何の用じゃの」

小僧に運ばせた白湯を口にして、道明は豊かな眉の下から半四郎を見た。

「出先からここへ戻る途中、騎乗の武家から声を掛けられまして」

「ほう、決闘でも申し込まれたか」

「まさかに――ただ、身共が誰か確かめたかっただけのような口ぶりでしたが、何とのう気になりまして」

「ふむ。で、儂(わし)にどうせよと」

「身共に声を掛けた後、今日はご先祖様の墓参りの途中だと申して、その武家は寺に入っていきました――和尚、西念寺(さいねんじ)というところにござりますが、何かご存じのことはござりませぬか」

道明は、西念寺のう、と呟いてなにか思う顔になった。

「馬に乗っておったということは、その資格があるばかりでなく、実際に馬を飼(こ)うておるということであろうの。なれば、そこそこの禄を得ておる者――そなたとは、格が違う」

「身共のことは、余計です」

「ふむ。とはいえ、ここは江戸の四谷であるからの。いずこの寺であっても、『あそこだから誰だ』と言い切れるほど、馬を飼(こ)うておる武家の墓は少なくあるまい」

「この寺には、一つもござりませぬがな」

「それこそ余計じゃ。ただ、西念寺となると……半四郎。そなた、西念寺の由来を存じてはおらぬか」

「いえ、恥ずかしながら」

「寺の持ち物に住んでおきながら――などと説教しても、始まらぬの。では、教えて進ぜよう。西念寺には、徳川信康公の供養塔がある」

　徳川信康は徳川幕府初代将軍家康公の長男であり、一時は嫡子であった。しかし、家康が連合を組んでいた織田信長に裏切りの疑いを掛けられたことから、若くして自裁している。ために、後に天下を取った家康の後継は、三男の秀忠になった。

「では、身共に声をお掛けになったは、信康公のご子孫」

「早まるでない。儂は、供養塔と申したであろう。そなたに声を掛けた武家が口にした『ご先祖の墓参り』というのが正確な言い方なれば、信康公のご子孫ではない、ということになろう。

　信康公のお墓があるのは、確か三河か遠江のはずじゃし、信康公には大きゅうなるまで育った男のお子様はおらなんだはずじゃ。娘は他家へ嫁に出ておろうしの。つまりは、おそらく信康公のご子孫とは別ということになろうて」

「それでは」

「西念寺を起こしたは、その供養塔を建てた人物じゃ。西念と申すは、その人物の法名――半蔵門に名を残す、かの服部半蔵よ」

　服部半蔵正成。明智光秀が主君の織田信長に謀反を起こした本能寺の変の際、堺に遊んでいた家康を明智勢や土民の落ち武者狩りなどから守り切り、無事に本拠地の三河まで送り届けた『神君伊賀越え』で活躍した人物である。

　伊賀の出身であり、郷里の者らを説き伏せ協力させて『神君伊賀越え』を成功に導いたことから、幕府開設後は伊賀者を束ねる役目を仰せつかった。ために、「伊賀忍者の総帥であり当人も忍術の名人」ではないかという伝説がある。

「服部半蔵……しかし、服部家は二代でお取り潰しになったのでは」

　次代の服部半蔵正就は、横暴な性格で配下の伊賀者を酷使したことから造反を招いた。江戸の市中で起きた反乱であり、幕府は水も漏らさぬ封鎖で兵糧攻めにし、ようやく鎮圧したが、反乱の原因を作った正就はさらに不行跡を重ね厳罰を受けた。

「さすがに儂も、そこまでは存じておらぬ。儂は一介の坊主であって、書物問屋でもなければ、お上の目付や寺社奉行でもありゃせんからの」

　半四郎が手近で聞ける話は、ここまでのようだった。

四

　夜、川田の町はずれに向かう道を、一人の旅姿の武家が急ぎ足で歩いていた。この道をまっすぐ行けば、五街道の一つである中山道に突き当たる。

「峯井様」

自分以外には誰もおらぬと思っていた武家は、突然呼び掛けられてさっと身を翻した。

「誰だ！」

鋭い誰何(すいか)ではあったが、声は低く押し殺している。警戒の目を周囲に向ける右筆の峯井の前に、農具置き場らしい小屋の陰から一人の男が現れた。

「何だ、玄斎殿か。驚ろかさんでくだされ」

相手が医者と知り、肩に力の入っていた峯井の緊張が緩んだ。

「このような夜中に、旅立ちにござりますか」

問うてきた玄斎へ、峯井は気安げな表情を保ちながらも、慎重に言葉を選んで応じた。

「ええ、急ぎのご下命がありましてな――ところで、玄斎殿こそなぜこのようなところに。町家で急患でもありましたかな」

殿様のお脈もとる御殿医とはいえ、住んでいるのは一万石の陣屋町である。当人の暮らしの足しにというばかりでなく、領民統治の必要上からも、玄斎の庶民に対する診療は認められていた。

「いえ、峯井様をお待ちしておりました」

玄斎は、淡々と予想外のことを言ってきた。よく見れば新参者の御殿医は、往診の際は必ず伴う供もつけていなければ、薬箱も提げてはいなかった。

「身共を……いったい、なぜ」

「峯井様を、お止めするためにございます」

とんでもないことを言い出した玄斎の言葉を、なぜか峯井は冗談とは受け取らなかった。

「……お役目の、邪魔を致すと申すか」

殺気すら感じさせる右筆の声にも、新参者の御殿医は動ずる気配を見せない。静かに言い返してきた。

「お家から命ぜられたお役目ではございますまい——いや、主家の命だと仰せなら、これよりご家老のお屋敷へ同道していただきましょうか。きっと、そのようなお指図など出してはおらぬとおっしゃられるはずですが」

「疑いは晴らしたいところなれど、先を急ぐ。ご家老のところへ行くなれば、そなた一人で行かれたがよろしかろう。身共は、ここで失礼する」

「愚昧一人で参ってもよろしゅうございますが、それで愚昧の想像が当たっていたときは、全てをご家老に申し上げることになります。峯井様が江戸へお着きになる前に、早飛脚が上屋敷の門番に急を報せる手紙を差し出しておりましょうな」

「そなた……なぜ、邪魔をする」

「正しくないことが為されるのを、これ以上黙って見過ごしてはおけぬからです」

「そなたの娘や孫の、ためにならぬと判っておってか」

「道理に従わずして栄華を得ることが、我が娘や孫のためになるとは思いませぬ」

「どうやって知った」

「我が娘の異能を、峯井様はご存じのようだ。なれば、その父親に似たような力があったとしても、おかしくないとは思われませぬか」

「お百合の方様がそなたに注意せよとおっしゃっておられたのは、杞憂ではなかったということか――しかし、見ればそなた一人のようだが、医師が一人で身共を止められるとでも思うたか」

「愚昧一人で十分。余計な者に知られれば、それだけお家の乱れの因となりかねませぬからな」

「笑止！　口先だけで身共を引き止められると侮ったか。その粗忽さが命取りになったな」

峯井は話を長引かせているうちに、長旅に備え刀につけていた柄袋(つかぶくろ)の紐(ひも)を解いていた。はずした柄袋を放り投げると、腰の刀を一気に引き抜いた。

白刃を手にした相手を前にしても、玄斎は動こうとしなかった。

「どうした、怖ろしくて身動きもできぬか——安堵(あんど)せよ、身共は右筆を仰せつかってはいるが、剣は一刀流を学び目録をいただくまでになっておる。なるたけ苦しまぬよう、一瞬であの世に送ってやるわ。それが、いざという場合のお百合の方様の願いでもあったしの」

「できれば穏便(おんびん)に済ませたかったのですが、やむを得ませぬな」

それが、玄斎の返答だった。

構わずに、峯井は斬り掛かる。新参者の医者の最後の言葉に、怯(おび)えが少しも含まれていなかったことを不思議に思ったのは、体が動いた後になってからのことだった。

二人の体が近づいたとき、不意に雲が月を隠した。陰になった二人のうち一方が振りかぶった刀を落とすときも、もう一方はただ突っ立っているだけに見えた。

雲が流れ、再び地を照らす。ドサリと音を立てて倒れたのは、峯井のほうだった。

玄斎は、溜息をつきながら跪(ひざまず)き、手の中の短い棒状の物を峯井の着物で拭(ふ)いた。どうやら得物についた血を、拭(ぬぐ)ったようだった。懐(ふところ)に仕舞うときに月光に照らされてちらりと見えたそれは、『独鈷』と呼ばれる密教の仏具に似ていた。

玄斎は腰を屈めた体勢のまま、倒れた峯井を仰向けにして懐を探った。油紙に包まれた包みを取り出す。鼻に近づけ臭いを嗅ぐと、じっと瞑目した。

やはり、予期していた最悪のことが現実になったようだった。

※

道端で騎乗の武家に呼び止められ、寺に道明を訪ねた日から数日後、半四郎は神田佐柄木町まで足を延ばした。旧知の刀剣商、叶屋を訪ねるためだった。

見世に迎え入れられた半四郎は、叶屋に頼んで研ぎに出していた愛刀を受け取った。

「このごろは、お変わりございませぬか」

ろくに金にもならぬ頼まれ仕事にもかかわらず、自ら顔を出して若い浪人の相手をした主の徳右衛門が訊いてきた。

刀剣商の主のお愛想へ、「変わりようがなく」と応じようとした半四郎だったが、ふと思い直して受け取ったばかりの刀を脇に置いた。

「叶屋どの、少々お尋ねをしてもよろしかろうか。お忙しいようなれば、日を改めますが」

「榊さまからのお尋ねとあらば、いつ何刻でもご対応させていただきますぞ――もっとも、手前でお答えできることに限られますがな」

冗談めかした頼もしい返答に、若い浪人は甘えることにした。「まずはお聞きいただきたい」として、東雲藩上屋敷からの帰途に声を掛けてきた武家の話と、その後道明和尚とのやり取りを手短に語った。

「ほう、服部半蔵様ですか」

「刀剣を扱う叶屋どのなれば、武家の出処進退についてもお詳しいかと愚考致しまして」

「見込まれたとあらば、なんとかご期待に添うよう努めねばなりませぬな――少々お待ちいただくことになるやもしれませぬが、よろしゅうございますか」

「こちらから持ち込んだ話です。いくらでも待たせていただきますが、それよりこのようなことで叶屋どのにお手間を取らせて、本当によろしいのでしょうか」

心配そうに問われた叶屋は、内緒話でもするように声を潜めた。

「榊さま。ここだけの話にござりますがな、見世もある程度歳経て参りますと、主面をしてあちこち嘴を挟むよりも、みんな番頭に任せたほうがうまく回っていくのでございますよ。いわば、主などはただのお飾りのようなものでして。手前は、番頭や手代たちの邪魔にならぬようにどう暇を潰そうかと、頭を悩ませる毎日にござりましてな。今日は、榊さまによい判じ物を与えていただきました」

そう軽口を叩くと、「ではしばらくお待ちくださりませ」と言って座をはずした。

叶屋は、言葉どおりしばらく戻ってはこなかった。半四郎のほうは、やることもなくときを潰すなどいつものことだから全く平気だが、叶屋に無理な願いをしたのではないかとそちらのほうが気掛かりだった。

「たいへん長らくお待たせ致しましたな」

詫びながら叶屋が座敷へ戻ってきたときには、何やら分厚そうな本を抱えた丁稚を伴っていた。

「武鑑にございますか」

半四郎は、丁稚が叶屋の脇に置いた本の表紙を見ながら問うた。

武鑑とは、旗本や大名に関する様々な情報を掲載した、当時の言わば武家版紳士録である。何冊かの分冊となっているはずだが、そのうちの一巻だけを持ち込んできたらしい。

叶屋は「お武家様のことなれば、これが一番手っ取り早いですからな」と言いながら、紙片を挟んだ本を取り上げた——が、開かずに若い浪人のほうを見る。

「まずは、服部家二代目半蔵——家康公にお仕えした『神君伊賀越え』の半蔵正成様の先代も半蔵と称されたようですから正確には三代目になりますが、その半蔵正就様の次の代にも、服部半蔵を名乗られる方はお二人いらっしゃったようでございますな」

「すると、正就殿は改易（取り潰し）にはならなかった」

「いえ、いったん改易の上ご当人は他家へお預けの身となられましたが、大坂の陣の際に軍勢に加わることを許されて戦死なさったようにございます。その後、正就様の弟御と御嫡男が、それぞれ大半蔵家、小半蔵家と称され、ともに桑名藩松平家の家臣となられました。

御嫡男のお家は小半蔵家と称されましたものの、ご当人の通称は半蔵ではなく、もっぱら源右衛門をお使いになられていたとのこと。通称の半蔵は、弟御のほうに引き継がれたようで、この御家系は歴代、久松松平家の家老を勤めておられます」

久松松平は徳川幕府初代家康の異父弟を祖とする家柄で、関ヶ原の合戦以前から家康に従った譜代大名の中でも名門とされていた。

「久松松平家というのは、今も桑名ですか」

「いえ、その後何度かお国替えとなりまして、今は奥州白河に御領地をお持ちでございます。現在のご家老様のお名前は、服部半蔵正礼(まさのり)様とおっしゃられるようで」

この最後の所だけ、叶屋は武鑑を開きながら答えた。

「白河藩松平家……そこは、ご老中の田沼様と何か関わりがおありでしょうか」

ここでなぜ田沼などという名が出てきたのか、叶屋は疑問を感じたはずだが、全く表情に表さずに若い浪人へ返答した。

「あると言えばある、ないと言えばない、という程度にございましょうか。大名家などは、どこかで縁戚関係でつながっていることも多(おお)ございますからな。

ただ、特筆すべき事があるとすれば——ご老中の田沼様は、八代将軍の吉宗様が紀州からやってこられて将軍になられたときに、伴われた家臣のご家系ですが、白河藩松平家の今の御嫡男は、御三卿の田安(たやす)家からお入りになられたご養子、つまりは吉宗様の実の孫にあたられます」

もともと、それぞれ主君と家来の筋、ということになろうか。ただし、一方が老中でもう一方が名門とはいえただの大名家となれば、現在の地位は逆転しているといってよかった。

とはいえ、それが何か重要な意味を持つのかとなると、半四郎には皆目(かいもく)見当がつかない。

叶屋は、意味ありげに客の若い浪人を見やった。

「榊さまは服部半蔵というお名前にこだわっていらっしゃるようですが、寺を建てたお方がそのお名前だったというだけで、服部様のご子孫であれば、榊さまに声を掛けられたのは他の名をお名乗りになっておられる服部様だったとしても、おかしくないのではございませぬか。

源右衛門をお名乗りになられた小半蔵家の流れからは、四国の大名にお仕えになった方々もいらっしゃるようですしな」

言われてみれば、そのとおりだった。なぜ自分はそんな当たり前のことに気づかなかったのかと、半四郎の頬に苦笑が浮かぶ。

叶屋は、自嘲する若い浪人を慰めるつもりか、余談を持ち出してきた。

「服部半蔵正成様と申しますと、『神君伊賀越え』のご活躍やその後の伊賀組の頭への登用などから、何やらご当人も忍術の名人だったような言い方をされることもございますが、それは眉唾(まゆつば)ものだと、手前などには思われますな」

「と、言われると」

「忍術使いと申せば、闇に潜み、あるいは他人に成りすますなどして密かに仕事をする者だと世間では言われております。ところが半蔵正成様は、『鬼半蔵』、『鑓の半蔵』などと勇名を謳われたほど戦場で華々しくご活躍された方。とてもとても、忍術使いという柄ではないように思われるのでございますよ。

そうですな、たとえば織田や豊臣の時代の毛利家には、佐田彦四郎という高名な忍術使いがおったそうにございますが、この佐田は毛利随一の猛将と恐れられた吉川元春麾下の杉原盛重に仕えていたそうで。ところが、吉川も杉原も武勇を賞されることはございますが、忍びの技を自ら使ったという話はいっさいありません。

これと同じに、半蔵正成様は戦における物見や寝返り工作などで配下の忍びに指図をなさっておられただけで、自分で忍術を使いながら忍者どもを統率なされていたわけではなかろうと存じます」

「ずいぶんとお詳しいな」

お世辞ではなく、叶屋の博識ぶりに驚嘆していた。

「なに、先ほど申し上げた暇潰しの成果にござりまして」

刀剣商の主は、悪戯仲間を見るような目で若い浪人に笑ってみせた。

八丁堀にある白河藩の上屋敷では、若と呼ばれる藩主嫡男、松平定信が藩政について執務をしているところだった。養父である藩主定邦（さだくに）は、すでに藩政の全てを定信に委ね、自身は幕府内における白河藩松平家の家格を高めることに血道（ちみち）を上げている。

御三卿の当主から将軍になることも夢ではなかった定信にとっては痛恨の久松松平家への養子入りであったが、こと領国の政（まつりごと）に関する限り、いっさい口を挟まず好きにさせてくれる養父は好ましい存在だった。

「本日ご裁可をお願いしたき案件は、以上にござりまする」

定信に決裁と承認を求めにきていた家臣が平伏した。

「そうか。一同、ご苦労であった」

定信が花押（かおう）を入れていた筆を置き、皆への慰労を口にすると、近習や右筆など、その場にいた者たちがほっと息をついた。できすぎる主君を持つのもつらいもので、若の御前にある間は皆が非常な緊張を強（し）いられるのだ。

「そなただけ残り、あとは皆少しはずしてくれぬか」

若が、平伏している家臣に呼び掛ける。その一人だけを残し、全員が若の執務部屋から退出していった。

万が一のことがあったらどうすると、小姓や近習すら難色を示さなかったのは、以前から若がよくこのような人払いをしているためらしい。

「ところで、会津の件はどうなっておる」

若が、一人だけ残した家臣に訊いた。どうやら他にはまだ知られたくない内密の話のようだ。

「は、先方からは色よい返事をもらっておりまする。まずは、大丈夫かと」

「できるだけ、早めるようにの。交渉ごとの細かいところは積み残したままでもよいから、物は早々に受け取れるように進めてくれ」

家臣が、眉を顰める。

「さほどに、お急ぎで」

「うむ。これより先どうなるか、見通せぬところがあるでな。急いでおくのに越したことはないのじゃ」

「すると、国許にも報せて支度させねばなりませぬな」

「もうそろそろ、皆に伝えてもよいかもしれぬ。もはやひっくり返ることはないとそなたが判断したならば、告げてくれてよいぞ」

「では、そのように」

定信が話しているのは、会津藩から大量の米を買い付ける件だった。会津藩松平家（保科家）の祖は三代将軍家光の異母弟であり、元々はともに徳川家の血を引くという点で定信に好意的だった。

　定信は、「昨年から今年にかけての不作に危機感を持ち、国許で進めている義倉(飢饉に備えた米の貯蔵庫)の整備を一足飛びに促進させる」ことを口実に、会津に米の提供を持ち掛けていたのだ。不作傾向は会津も同様なのだが、藩としての規模が大きい分余裕があることと、米の大量売却で藩財政の好転が見込めることから、定信が持ち掛けた話に大乗り気であった。

「若がかくもお急ぎになられているということは、裏のほうの企てに進展があったということにございりましょうや」

　この問いに、定信は白皙の相貌を歪めた。

「せっついてはおるが、遅々として進まぬ——しかしいったん時宜を得れば、ことは一気呵成に進むような気がしておる」

「微力で至りませず、ご心労をお掛け致しまする」

　遅々として進まぬ、と言った若への謝罪のようだが、なぜこの男が詫びを口にするのか、事情を知らぬ者には理解ができなかろう。

　若は家臣の謝罪を受け流し、話柄を変えた。

「ところで正礼。そなた、例の浪人者に会ったそうじゃの」

「は、ご先祖の墓参りに参る途中偶然見掛けましたので、つい声を掛けてしまいました」

「そなたの江戸における菩提寺は四谷西念寺。そういえば、あの浪人者も四谷の住まいであったか……で、会うてみて、どう思うた」

「はて。それがしには、ただ若いだけの素浪人にしか見えませなんだが」

「さほどに見方が違うか。面白いものだの」

若は、珍しく内心の興味をはっきりと面に表して、目の前の家臣を見やった。

ところで、藩主の代理人たる若に、この家臣は自ら主体となって政の裁可を求めていた。するとこの家臣は、家老や勘定奉行など、相当の地位にある者だということになる。

その男を、若は「正礼」と呼んだ。今、江戸にいる白河藩の重臣で、「正礼」と呼ばれ得る者は、家老の服部半蔵正礼しかいない。

しかし、若――定信が蛇神の騒動に介入させるなどしてこの世に混乱をもたらそうとしたときの手駒、「半蔵」は、今、若の目の前にいる服部正礼とは顔形ばかりでなく、身の内より醸し出される威圧的な気配のあるなしから違っていた。

すると若は、家老の半蔵とは別な半蔵を、裏の仕事をこなす家臣として抱えていることになるのだろうか……。

五

川田の陣屋町のはずれで刺殺体となって見つかった右筆峯井春蔵の一件は、藩庁の懸命な探索にもかかわらず、下手人を挙げることができぬままときだけが過ぎている。人家も疎(まば)らな場所である上、真夜中に殺されたらしく、目撃者どころか争う物音を聞いた者すら一人もいなかった。

不明なのは、誰が峯井を殺したかということばかりではない。見つかった峯井の死骸は、旅装を纏(まと)っていた。倒れた先に中山道があることからしても、峯井は藩を抜けてどこかへ行こうとしていたように思われる。

しかし、峯井にそのような指図をした人物はおらず、家老をはじめとする上司同僚も峯井の行動を知らずにいた。当人はいったいどこへ行って何をやろうとしていたのかも、解明されない謎として残されたのだ。

藩の探索方が峯井の死について手掛かり一つ得られず四苦八苦していたころ、陣屋の奥では藩主側室のお百合の方が臨月を迎えようとしていた。今日、明日にも生まれるかという状態に至り、お百合の方のそばには取り上げ婆（産婆）とともに、御殿医であり実の父親でもある玄斎がずっと待機していた。

ちなみにもう一人の御殿医である徳因は、「風邪気味で、万一お方様や生まれたお子にお移ししては」という理由を述べ臨席を遠慮している。これは事前に玄斎から、「母子双方のお命に関わるような難産になりそうだ」と耳打ちされ、責任逃れを図った結果であった。

　徳因は玄斎から聞いたことについて、あるいは騙されているのかもという疑念を抱いていたのだが、実際にお百合の方の陣痛が始まると、経験豊富な取り上げ婆が「今まで見たこともない」と驚くような苦しみようになった。

　お腹の子に障るようなことがあってはならないため、下手に薬を飲ませることもできない。取り上げ婆にせよ玄斎にせよ、子が出てくるまでは何もできぬままただ待っているより手はない。それでも取り上げ婆は、「息を大きくお吸いなされ」とか「頑張られよ、もうすぐじゃ」とか、励ましの言葉を掛けるのに余念がなかった。

　お百合の方の苦しみ悶えようは並大抵ではなく、悲鳴はまるで獣の雄叫びのように部屋を満たし、その声もやがて嗄れて鬼の吠え声のように変じていった。そのうちにお百合の方は、あまりの痛みのために惑乱したか、己の父の姿を見つけて途方もないことを喚きだした。

「おのれ、玄斎。そなた、妾に対してあれを使うたな。妾は、久威様の側室であるぞ。その身に手を掛けんとするとは、拾い上げてくだされた恩を忘れた不届き者めっ」

口汚く罵るばかりでなく、手足を振り回して暴れ出した。

玄斎はお百合の方を冷静に見つめると、当人には好きに言わせたまま周囲に指図した。

「お方様は、痛みのあまり惑乱しておられる。妄想に囚われておるのは心配ではあるが、ご出産が終われば落ち着かれよう。

それより問題は、今あまりお暴れになると、お腹のお子様にご負担が掛かるやもしれぬということじゃ。皆で、手足を押さえよ。あまり、暴れさせたもうな」

これは、御殿医の言うほうが道理である。お百合の方付きの腰元らは、皆がお方様の手足に取り付いて、動きを制しようとした。

「何をする。皆で妾に取り付いて、身の自由を奪わんとするか。それが、殿様の側室に対する振る舞いかっ」

手足に取り縋り、あるいは肩を押さえるなどして必死に暴れさせまいとする者どもは、「お方様、落ち着いてくださりませ」「お子がお生まれになるまでですぞ。もうすぐにござります。それまで、ご辛抱なされませ」などと言葉を掛けたが、狂乱するお百合の方が聞くものではなかった。

悪口雑言を喚く合間に、お百合の方は痛みに咆哮（ほうこう）を上げた。轟々（ごうごう）というその声は、これまで目にしたこともない怪物の吠え声にしか聞こえず、周囲の者を畏怖（いふ）させた。

喚き散らし、あるいは吠え声を上げていたお百合の方が、突如静かになってキッと玄斎を睨んだ。

「そなた、なぜ妾の邪魔をした。峯井が江戸へ着けば、我が望みは間違いなく達成されたものを」

答える玄斎の声は、どこまでも落ち着いている。

「ものごとは、詰まるところは道理に落ち着くもの。無理に覆そうとすれば、そのとき起こった波風が、後々まで禍（わざわい）をもたらし続けることになりまする」

玄斎の返答を聞いていたのかどうか、お百合の方はまたひとしきり喚き、吼えた。

そして、息も絶え絶えに意味のある言葉を吐き出す。

「後のことなど、知ったことではないわ。我が栄華、そして我が子の栄華、それこそ大事よ――そなたの娘と孫のためなれば、手助けするのが本来の務めではないのか」

「たとえ成就したとて、お方様やそのお子の栄華にはつながりませぬ」

「何を言うか。なぜ、そんなことが言える」

また、咆哮と蛮声を上げる合間に、お百合の方は問うた。

じっと己の娘を見た玄斎は、その耳元にそっと顔を近づけた。痛みに喚き散らすお百合の方に、何かを囁く。

と、お百合の方の口から発せられていた大声が、途中で途切れた。お百合の方は、天井に視線をやったまま大きく目を見開いていた。

「……まさか、そんな」

一瞬静まった後、今までにないほど大きく喚き散らしながら、手足に縋る者たちを振り飛ばす勢いで暴れ始めた。

「嫌じゃーっ、嫌じゃ、そんなのは、嫌じゃっ。父様、父様、何とかしておくれ。妾は、そんな者は生みとうないっ。父様ーっ」

これまで呼び捨てにしていた父親に、救いを求める悲鳴を上げ始めた。もはや、藩主側室などという矜持は、跡形もなくどこかへ吹き飛んでしまったようだった。

お百合の方の手足や肩を押さえていた者らは、一ヵ所に一人では足らず、これまで交代でことに当たっていた者らが二人、三人掛かりで懸命に己らの仕事を全うしようとしていた。

玄斎は、大声で部屋の外に控えていた者らを呼んだ。

「門番が手にする六尺棒(ろくしゃくぼう)のような丈夫な棒を、何本も集めてこよ。それで、お方様の手足を縛りつけ、皆で棒も使って押さえつけるのじゃ。

早うせよ、このままでは腰元らがもたぬ。お方様が今の調子で暴れ続けられれば、お腹の子が危ういぞ」

呼ばれた者らの多くが命ぜられたことを果たしに慌てて走り出し、残りは腰元らの加勢に回った。それでも、何度も振り飛ばされそうになって、一瞬も気を抜くことができなかった。

「父様、父様」

お百合の方が、玄斎のほうへ縋るような目を向けてきた。玄斎は、再び顔を近づけて囁く。

「これが、定めじゃ。今そなたにできるのは、ただこれから起こることを受け入れ、心静かに従うのみ」

父親から引導を渡された娘は、子供が嫌々(いやいや)をするように首を振る。玄斎は体をお百合の方に寄せたまま、その相手だけに見えるように、油紙に包まれた物を懐からわずかに覗かせてみせた。

お百合の方の目が、包みに釘付けになる。それは、玄斎が殺した峯井から取り上げた物だった。

「まだ、使っていなかった……ならば、それを」

懇願する顔で、父の目を覗き込む。

「これで、無理矢理逃れてみるか。たとえそうしたとて、定めとあらば死ぬことはできぬ。また最初から、その苦しみを味わうだけに終わろうぞ。

いったん味おうてしまったその苦しみが、またいつか、必ずどこかで来ることを覚悟せねばならぬ——その恐ろしさ、実際やってきたときの痛み苦しみは、こたびを大きく超えようぞ。

「妾が悪かったのか。それでもそなた、抗いたいか」

「妾が悪かったのか。妾が大それた企みを持ったがために、このような目に遭うてしもうたのか」

救いを乞う娘へ、玄斎は真実を告げるよりなかった。

「おそらく全ては、すでに決まっておったこと。我らはその中で生かされているだけであろう。諦めよ、受け入れてことを終わらせれば、またそなたにも光が見えてくるやもしれぬ」

お百合の方の目から、ひと筋の涙がこぼれ落ちた。

それからお百合の方は、三日三晩苦しみ続けた。ついにようやく赤子を産み落としたとき、お百合の方は力尽き、儚くなっていた。藩主に身分の差を忘れさせたほどの美女は、いちどきに二十も三十も歳を取ったかのような、皺だらけの歪んだ顔のまま息を引き取った。

「おおお、これは……」

これまで数えきれぬほどの赤子を取り上げてきた取り上げ婆が、お百合の方が産み落とした子を見て絶句した。

「ここから先の始末は、愚昧がお引き受け申す。皆、席をはずしてはいただけぬか」

玄斎が、厳粛な声で宣した。

たとえ相手が医師でも、御産の場では決して妊婦の前の座を譲らなかった婆が、このときばかりは真っ先に座敷の外へと逃れ出た。

皆が不審に思い始めたのは、いつまで経っても玄斎から皆を呼び入れる声が掛からなかったからだ。襖を閉めた座敷の外から声を掛け、何度呼び掛けても返事がないため恐る恐る開けてみると、そこにはお方様の遺骸がただ一つ残されているだけで、御殿医の姿も赤子も煙のように消え失せていた。

大騒ぎとなって皆が二人の姿を探したが、陣屋の内にも外にも、どこにも見つけ出すことはできなかった。

川田の陣屋でまだ御殿医と若君を捜す騒動が続いているころ、当の二人の姿は遥か西方にそびえる鼻曲山(はなまがりやま)の尾根の上にあった。玄斎は産着(うぶぎ)にくるまれた若君を、その腕に抱いて川田陣屋がある方角を見下ろしていた。

「定めには抗えぬ、か……」

玄斎は、己が娘に諭(さと)したのと同じ言葉を呟いた。月のない、真っ暗な空を見上げる。

「果たして本当にそうか。この定めは、避けることができぬものなのか」

尾根には風が吹き渡るばかりで、答えてくれる者は誰もいない。

「これよりは、様々な異変が立て続くであろう。それを一つずつ紐解(ひもと)いてゆけば、あるいは避ける途(みち)が見つかるのやもしれぬ」

玄斎は腕の中の赤子を見下ろして語り掛けた。

「ともに、捜してみようか。在るとは限らぬ——いや、おそらくは在りもしない途を」

生まれてからここまで泣き声一つ上げなかった赤子は、玄斎の言葉に歯をむき出した――そう、この子は生まれたときから歯が生えていた。まるで、玄斎の言葉に応じて笑ったように見えた。

それからどれだけの歳月が流れたか、捨吉という真っ黒な小僧を連れて江戸へ現れたとき、玄斎はすでに際野聊異斎と名を改めていた。

六

あれから半四郎は、叶屋からの依頼を受けて、怪異とも言い切れぬような細かな騒ぎを二つほど取り鎮めた。年が明けても、聊異斎の消息は依然として摑めぬままだ。

半四郎の長屋には、以後も田沼家や東雲藩の使いが何度か訪れた。東雲藩からやってくる中間はただ追い返せばよい一方、田沼家の使いとして姿を現す使い番の二瓶のほうは、少々扱いに困った。

たびたびの誘いを謝辞し、「もうこのようなつまらぬ浪人者のことはお忘れくださ い」と頭を下げても、「また来ます」と暖簾（のれん）に腕押（うでお）しの返事をして帰っていく。それだけでも気遣いで疲れさせられるのだが、二瓶は来るたびに土産物（みやげもの）と称して味わうどころかお目に掛かったことも聞いたこともないような珍品奇品を置いていくのだった。

自分だけで食べきれるわけがないから周囲へもお裾分けをすると、長屋の連中は皆が目を丸くしていた。半四郎のところへ何度も足繁く通う立派な身なりの武家が、自分の藩へ仕官させようとしていることは、そのうちにだんだんと察しがついてくる。このごろ皆がこちらを見る目がずいぶんと変わった気がして、半四郎はなんだか居心地の悪い思いをしていた。これで、やってくるのが老中の田沼様のところの家臣だと知ったら、大騒ぎになるだろう。それとも、信じてはもらえないか、旦那は騙されているのだと心配されるかだ。

無論、長屋の持ち主である道明のところにもお裾分けを持っていったのだが、「何かよく判らぬ物は生臭かもしれぬので愚僧は要らぬ」とにべもなく断られ、一度でやめてしまった。

若い浪人を自身の手勢に引き込むことをまだ諦めていない田沼意次は、半四郎が二瓶に何度目かの辞退を申し入れていたころ、千代田のお城に上がり大樹（将軍。十代家治）に拝謁していた。

「主殿、このようなところまで、いかが致した」

家治が、いつもに似ぬ田沼の行動に困惑して問うた。家治は田沼に誘われて御休息の間を出、庭へと下りたところだった。江戸城中奥（将軍の居住空間）の南側、表（幕臣の執務や式典などのための公的空間）の黒書院の西側は、将軍のための広い庭になっている。

その庭に設けられた四阿に着くと、気に入りの家臣の意向を察した家治が、同行した近習や小姓を遠慮させた。全員へ向けて、野点の支度を命じたのだった。

「ご配慮真に忝く存じ奉りまする」

田沼は、心より忠誠を誓う主君に深く頭を下げた。家治は眉根を寄せる。

「堅苦しいことはよせ。そんな回りくどいことをしておるうちに、近習どもが戻ってきてしまうぞ」

「は。では、お言葉に甘えまして、この場に御庭番を呼びたく存じますが、お許しいただけましょうや」

家治は、「庭番を」と繰り返してますます当惑する顔になった。

御庭番は、将軍直属の諜報員ともいうべき存在である。八代将軍吉宗に紀州より随伴し、それまで隠密御用を勤めていた伊賀者に代わってこの仕事を与えられた。吉宗には、老中の支配に属していた伊賀者から自身直属の諜報員へ業務を移行することで、情報の把握、ひいては老中にほぼ完全に移行していた幕府運営の権限を、本来の将軍直裁に戻す意図があったものと思われる。

ただし、形の上では将軍直属のままではあっても、吉宗以降歴代全ての将軍が直接御庭番の指揮を執ったわけではない。たとえば、吉宗の次の九代将軍家重（いえしげ）は言語不明瞭で聞き取れる者がほとんどいないと言われた人物だった。この時代の御庭番は、家重の腹心だった側用人大岡忠光（そばようにんおおおかただみつ）が実質的に支配している。

十代家治に至っても、事情は変わらなかった。言語にも知性にも問題はなかった家治だが、治政に関しては田沼に全幅の信を置いており、情報収集の手段を含めてそっくり委ねていたのである。

だから家治の困惑は、「全て任せているのに何を今さら」というところから来ていた。それでも、田沼に何か考えがあるのだろうと思い、「よい、任せる」と応じた。

低頭して礼を述べた田沼は、わずかに視線を上げて「聞こえたな、これへ」と人のいない宙空へ声を発した。

すると、空から降ってきたように人が一人湧き出した。

「庭番明楽不楽（あけらふらく）、お召しにより参上つかまつりました」

男は、地に片膝をつき頭を下げたまま名乗った。田沼が、庭番に問うた。

「明楽と申すか。そなたも、儂から特に庭番に命じた探索は存じておるな」

明楽は短く「はい」とのみ答えた。将軍は、二人のやり取りをただ黙って見ている。

「今に至るも、何も結果が報されぬとは、どういうことか」

明楽は、感情のない声で応じた。

「……お報せすべきような疑いが、ひとつもないということにござりましょう」

「笑止。今の大名で、後ろ暗きところ一つない家がどこにあろうか。そなた、誓ってなかったと申すか」

「お答えは、すでに致しました」

「そなたらは、大樹直率（じきそつ）の者。なれば、大樹に嘘はつけぬな。探索や隠密の用を拝命し、真のことを報告できぬ忍びなど、何の意味もないからの。

改めて問う。儂に嘘をついたかどうかはともかく、将軍の前で、将軍より直接儂が付託された権に基づいて行った指図を、そなたら忠実に実行していると言えるか。言えるなれば、はっきりとそう申せ」

「それは……」

明楽の声が、苦しげになった。戦国期のように、そのときどきで雇われて仕事をした時代とは違う。御庭番は、紀州藩士であった薬込役（くすりごめやく）の時代より、ずっと一つのお家に臣従してきた組織であった。それが正しく機能しないとなれば、田沼のいうとおり、御庭番に存在意義はないということになる。

田沼は、それ以上追及せずに話を変えた。ほっとしかけた明楽だったが、田沼が新たに持ち出したことへ、さらに顔を強張らせることになった。

「儂は、なぜそなたらが嘘をつかねばならぬのか、不思議に思うた。確かに先方にも有徳院様のお血筋はおられるが、そなたらが大樹のご意向を枉（ま）げてまで忠義を尽くす謂（い）われはない——明楽、先方には、服部半蔵という者がおるの」

決して内心を外に表さないはずの忍びが、はっと身を強張らせた。

「まさかとは思うたが、他にそなたらがこのような理屈に合わぬ動きをしておる理由が見つからぬ。

明楽。服部半蔵とは、何者だ。なぜに、そなたらが大樹のご意向を捻（ね）じ枉げてまで、半蔵に気を遣う。服部半蔵とは、幕府の職制を超えて、そなたら伊賀者を裏から統（す）べるような存在なのか」

御庭番の前身である紀州の薬込役——その名の由来は、おそらく藩主の身近で鉄砲に弾薬を詰める者という意味であろうが、この薬込役は、藩主の身を守る最後の防衛線として身辺警護に当たる者たちだった。こうした薬込役には、紀州の地に跋扈していた根来忍者の末裔だという説があるものの、おそらくは違っていよう。

なぜならば、紀州藩初代藩主である徳川頼宣は、徳川幕府初代将軍家康の十男で家康に最も可愛がられた子供として知られるが、この頼宣が父から与えられた封土は駿河だったからである。紀州には、家康の死後、自身の兄である二代将軍秀忠によって移された。

すると、もし薬込役が根来忍者だったとしたなら、家康はまだ戦国の余韻が色濃く残る時代、一番可愛い子供に信頼の置ける陰の護衛を与えぬまま駿河に封じたということになる。秀忠が頼宣に国替えを命じたのは、父の愛情を独占した弟に対する嫉妬と警戒からだと言われるけれど、老獪な家康が後継の狷介な性格に気づかぬまま亡くなったことにもなりそうだ。

紀州と同格の尾張には御土居下衆という名古屋城退き口（非常脱出路）の管理役が置かれており、実際の役割は紀州の薬込役と同等と思われるが、薬込役と御土居下衆の二つは、（江戸城内を陰から守っていたのが伊賀者だったことからしても）「本家の血筋が途絶えたときの代替要員」に家康が分け与えた伊賀者だったと考えるほうが、ずっと筋が通るのだ。（ちなみに、御三家の最後の一つ水戸は、尾張と紀州をさらに代替する存在。）

明楽は、言葉に詰まって沈黙した。

「明楽。そなた、御庭番を無用の長物と化すつもりか」

田沼の問いは、信頼の置けぬ忍びを将軍のそばに置いておくわけにはいかぬという宣告だった。

問われた忍びは、苦しげに顔を上げた。

「申し上げれば、庭番は存続が？」

「約しよう」

よほどの秘密が隠されていると感じた田沼は、はっきりと頷いた。

もう一度俯いた明楽が、田沼の求める答えを苦しげに口にした。

「今の半蔵は、半蔵正成様以来の、久方ぶりとなる真の半蔵……服部半蔵とは、血筋にあらず。出自なり」

「何？　それはいったい、どういう意味だ」

明楽は答えず、そのまま突っ伏した。

「明楽」

動かぬ忍びに近づいた田沼は、その首筋に手を当てた。

どうしたのかという顔の家治へ、「死んでおります」と報告する。

伊賀の掟と将軍への忠誠との板挟みになった明楽は、双方を裏切ることにならぬギリギリの筋を通すために、自ら命を絶ったのだと思われた。

「お静かに。しばし、お待ちいただけますよう、お願い申し上げまする」

人を呼ぼうとした家治を、田沼は制止した。再び、宙空へ声を掛ける。

「他に、誰かあるか」

倒れた明楽の脇に、もう一つ人影が現れた。

「庭番、村垣了以にござる」

村垣と名乗った男は、仲間の死骸の脇に控えているにもかかわらず淡々としていた。

「主殿、もう――」

将軍の制止に、田沼は深く頷いた。

「判っておりまする。もともと数の少ない御庭番を、これ以上減らすようなまねは致しませぬ」

御庭番は、吉宗が紀州より引き連れてきた創設期には十七家しかなかった。その後廃絶された家や次男などから登用された者による増減があり、この時代には当初とほぼ同じ十八家前後になっていたようだ。

ほっと安堵した様子をみせる家治から、田沼は村垣に視線を移す。

「我が約は聞いておったな。明楽には、跡目相続を差し許す。病死の届出をするよう」

「有り難き幸せ」

「亡骸は、見つからぬようそなたらで運び出せるか」

もし、将軍家専用のお庭に死骸が出現したら大騒ぎになる。明楽の死体が検められて不審死ということになれば、当人や庭奉行らの責任問題になりかねなかった。

「ご心配なく」

「もし城外へ運び出すのに助けがいるなら、いつでも儂を呼べ」

「ご配慮、忝く」

そう頭を下げた村垣に背を向けて、田沼は将軍に「参りましょう」と声を掛けた。

しかし、と言った家治は、小姓らに支度を命じた野点のことが気になっているようだ。

「大樹に、このような場で茶を喫していただくわけには参りませぬ——この田沼の気紛れとして、皆の者には得心してもらいましょうか」

引き揚げることにして近習らをこの場に近づけないのは、村垣に死体を隠すだけのときを与える意味もあった。

「しかし、庭番に異心があったとはの」

ふと漏らした家治を、田沼は穏やかに窘めた。

「御庭番が素直に従わなかったのは、この田沼に対して。大樹におかれましては、少しも彼の者らをお疑いなきよう、この田沼より伏してお願い申し上げまする」

今でもどこかで聞いているであろう、御庭番に対して恩に着せるためのもの言いだった――無論、聞くほうもそれは判っている。判っていても、「ともに戈を納めよう」という暗に示された田沼の申し出に、同意してくるとの確信があった。

――しかしこれで、豎子に御庭番を使うことはできなくなった。

白河松平の豎子とは、自分の家臣を用いて争わねばならなくなる。

――それでも、これでよかったのかもしれぬ。

先方に御庭番の目や口を閉ざさせることができるほどの者がいるとすれば、それを知らぬまま御庭番を介在させ続けているうちに、大樹の身に何か起こっていたかもしれなかった。

――それだけは、決してあってはならぬこと。

家治なくしては、田沼に政権を司ることはできず、また司る意味もないのだ。以後の闘いへの覚悟を定めて、田沼は己が忠誠を誓う将軍の背後でそっと天空の雲を見上げた。

「若」

八丁堀にある白河藩松平家上屋敷の奥、一人横になる若者の耳元で声が響いた。若者は藩主嫡男の定信、声は定信が裏の仕事で使うほうの「半蔵」だった。

「どうした、そなたには珍しく、声が弾んでいるようだの」

すぐに目を醒ました若は、横になったまま誰もいない闇へ向かって言った。

「ようやく、神田橋様が龍穴を恐れるわけが判明致しました」

「ほう、田沼の——聞こうか」

若は、蒲団から身を起こした。しかし、人を呼ぶこともなければ、部屋の灯りも有明行灯（枕元に置く常夜灯）の弱い光だけのまま、目を瞑って聞く姿勢を取った。

「神田橋様自身のことを探っても何も出ては参りませなんだが、答えはそれ以前、神田橋様の先代、それも紀州藩時代にござりました」

「ほう、そのようなところまで、よく探りがついたの」

「迂闊であったとお叱りを受けるやもしれませぬが、灯台もと暗し、答えは御庭番が持っておりました」

「庭番が？」

「神田橋様の先代は、もともと加納久通様の足軽として、有徳院様のお身の回りの世話をしていた者。その加納様は、御庭番の前身である紀州薬込役を束ねていた家柄にございます」

「なるほどな。では、肝心の話をしてもらおうか」

半蔵は、田沼意行が吉宗の命で龍穴と思われる洞穴に入り、その同行者によって富士の噴火が引き起こされた一件について語った。

聞いているうちに、若――定信の頰に赤みが射してくる。

「それが真なれば、わが企ては成ったも同然――で、その龍穴はどこにある。今も、口を開けておるのか」

「いえ、その後は閉じたまま、見つかってはおらぬようです」

「なれば、そなたが手駒を全て使うて草の根を分けてでも探し出す、ということじゃな」

「残念ながら、どうやら必ずどこかにはあって、探せば見つかるという物ではないようで――しかしながら、もっとうまい手があるやもしれませぬ」

「なんだ、それは」

「例の、神田橋様の手から逃れた老人と小僧のことにございますがな」

「そう言えば、隠れ潜んでおるばかりで何もせぬという話であったな」

田沼家から出された襲撃者に家を襲われ、姿をくらました聊異斎と捨吉は、半蔵の手の者によって密かに監視されていた。

「とうとう、動き出しましたようで」

「ほう」

「二人の動きに神田橋様の先代の話を重ね合わせますと、どうやら、連中は龍穴にも関わりがあるのではないかと思われまする。

そこへ、神田橋様の手の者を集められれば、尻に火のついた二人がどうするか、かなり見物にござりましょう」

「江戸に残っておる仲間の浪人者も向かわせるか」

「関わる者が増えればそれだけ紛れが生ずる――つけいる隙も生まれますので。今、段取りをつけているところにて」

「そなたも、向かうのだな」

「最後の最後には、役者はそろえませぬとな」

「期待しておる――江戸の空の下より、吉報を待っておるぞ」

上半身を出し続けて寒さを覚えたか、あるいは期待の大きさに背筋を震わせたか、若――定信は、折り返していた蒲団に手を掛け胸元に引き寄せた。

※

噂が聊異斎の耳に届いたのは、年が明けてからのことだった。暮れに、「上州嬬恋村から夜に山上で赤い火柱が立つのが見えた」という。

追っ手を恐れて慎重に身を隠していた聊異斎と捨吉だったが、これで動かぬわけにはいかなくなった。上州側――川田藩の御領内に入るわけにはいかない二人は、信州側から徐々にお山に近づいていった。無論、追っ手の動向を気にしつつ、慎重な行動を心掛けた上でのことである。

その後、耳を澄ませていてもしばらく噂は聞かれなくなったが、二月に入ると「お山から噴き出る煙の量が増えたようだ」という話が伝わってくるようになった。

「ついに、始まるか……」

捨吉を隣に立たせ、冠着山の頂上から東の山並みを望んだ聊異斎は、ぽつりと言った。

この地から遠望する限り、浅間のお山はいまだ静かであった。

解説

細谷正充
（文芸評論家）

その男は、春嵐と共に文庫書き下ろし時代小説界に現れた。二〇一一年五月、双葉文庫より『返り忠兵衛 江戸見聞 春嵐（はるあらし）立つ』を刊行し、芝村涼也がデビューしたのだ。やや大袈裟（おおげさ）にいえば、彗星（すいせい）のごときデビューである。文庫カバーの袖にある紹介文に記された「1961年宮城県生まれ。早稲田大学政治経済学部卒。二十数年のサラリーマン生活を経て著述活動に入る。学生時代に、映画サークルでシナリオ作成に励んでいたことを突如思い出し、前職退職直前より小説の執筆を開始」というのが、作者を知るわずかな縁であった。いかなる経緯でデビューすることになったのか、気になるところだ。

しかし作品を読み始めたら、そんなことはどうでもよくなった。めっぽう面白いではないか！ ある事情から藩を追われて江戸に出てきた筧 忠兵衛（かけいちゅうべえ）が、町火消しと魚河岸衆の大喧嘩にかかわり、颯爽（さっそう）たる振る舞いを見せてくれるのだ。文庫書き下ろし時代小説に、魅力的なヒーローが登場したと、感激したものである。もちろん、そう思ったのは私だけではなく、デビュー作はすぐさまシリーズ化。二〇一四年十月刊の第十五弾『返り忠兵衛　江戸見聞　天風遙に』で、堂々の完結を迎えたのだ。

その一方で作者は、同年一月に講談社文庫から刊行した『素浪人半四郎百鬼夜行（一）鬼溜まりの闇』により、新シリーズを立ち上げた。本書『素浪人半四郎百鬼夜行（六）孤闘の寂』は、そのシリーズ第六弾である。ただし第三巻と第四巻の間に、半四郎の過去を描いた『素浪人半四郎百鬼夜行（零）狐嫁の列』が入るので、冊数としては七冊目だ。また、前巻『素浪人半四郎百鬼夜行（五）夢告の訣れ』で「怪異出現編」が完結となり、本書から「怪異沸騰編」となる。

収録されているのは、「龍の洞穴」「捜心鬼」「終末の道標」の三篇だ。冒頭を飾る「龍の洞穴」は、徳川吉宗が紀州藩の藩主をしていた時代が舞台。三人の藩士が、吉宗の意を受けた御用役番頭の加納久通から、地震によって紀州山中に開いた地割れの探索を命じられた。地割れから地下に入ると、そこは洞窟のようである。しかも怪異の匂いがする。訳の分からないまま〝地底旅行〟を続けるが、山家同心小頭の福原喜内が、金色の壁に刀を突き立てたことから、大きな衝撃に襲われる。その衝撃が何かは、読んでのお楽しみ。史実と結びついた、驚愕の真実が明らかになる。よく、こんなことを考えつくものだ。

しかも、このエピソードが、老中首座の田沼意次と腹心の井上寛司に繋がっていく。そして彼らが、怪異にかかわる理由の一端が判明するのだ。シリーズの裏側で蠢動しているのが、田沼意次と白河藩藩主の松平定信であることが、はっきりと認識できたのは前巻のこと。その流れを受けて、新たな段階に突入した物語の土台を固めてきたといえるだろう。シリーズのファンにとっては、見逃せない内容だ。

さらに物語のラストで、平賀源内が顔を覗かせることにも注目したい。現時点では死亡している源内だが、前巻では事件に絡んで、大きくクローズアップされていた。その源内が浄瑠璃を書くときに使っていたペンネームが、福内鬼外である。このペンネーム、なにやら福原喜内と似ているではないか。単なる偶然か、お遊びなのか、それとももっと深い企みがあるのか……。どうにも気になってならない。いや、そこまで気になるのには訳がある。このシリーズ、暗喩やシンボリズムが、やたらと鏤められているのだ。その点について触れる前に、残り二作を見てみよう。

続く「捜心鬼」は、数々の怪異に共に立ち向かった際野聊異斎と捨吉が消え、失意の榊半四郎のもとに、旧知の刀剣商・叶屋から、怪異に関する依頼が持ち込まれる。どうやら半四郎の落ち込みを心配した、北町奉行所の臨時廻り同心・愛崎哲之進の配慮らしい。その気遣いを有り難く思い、能楽『黒塚』を想起させる騒動があった向島で、新たに出現した鬼を、岡っ引きの小市（こいち）と共に追うことになるのだった。

本シリーズをジャンル分けするならば、現在の文庫書き下ろし時代小説界で人気の高い、妖怪時代小説ということになろう。ただし妖怪と人間の関係をユーモラスに描くのではなく、怪異は人間と相いれない。怪異と対峙する主人公たちは、常に恐怖と哀しみを味わうことになる。その意味では、A・ブラックウッドの『心霊博士ジョン・サイレンスの事件簿』や、W・H・ホジスンの『幽霊狩人カーナッキの事件簿』等の作品から続く、正統派ゴースト・ハンター物の系譜に連なる作品といっていい。

そうしたゴースト・ハンター物の魅力が、篇中でもっとも発揮されたのが本作だ。怪異の正体を突き止めるため、地道に事実をたどっていく捜査は、まるでミステリー。真実の核心へと迫っていく歩みに、ワクワクさせられる。しかし理を積み重ねた先には、理外の怪異が待ち構えていた。怪異の正体が意外（ああ、伏線がきっちり張ってあるのに、気づけなかった）なら、半四郎のつけた決着も意外。でも、どちらもこれしかないというところに着地している。前巻で半四郎と因縁の生まれた加役（かやく）の中原（なかはら）玄蕃（げんば）の絡ませ方も面白く、小市の視線を通じて立ち上がってくる主人公の人間性に魅力を覚える。読みごたえ抜群の作品だ。

ラストの「終末の道標」では、田沼意次の半四郎への接近と、上州川田（かわだ）藩の御世継になるかもしれない赤子を巡る騒動が綴られていく。意次の動きによって、定信側の秘密の一部まで晒(さら)され、シリーズの先をさらに期待させてくれる。かつて半四郎が脱藩した東雲(しののめ)藩も、まだ関係してきそうな気配が濃厚だ。そして何よりも、際野聊異斎と捨吉の正体が少しだけ明かされ、これまた先が気になってならない。「龍の洞穴」と呼応する史実を使い、物語を締めくくったのもお見事。やはり「怪異沸騰編」の土台固めに必要な話だが、とにかく面白くてたまらないのである。

さて、こうした内容とは別に、大いに留意すべきポイントがある。第一話のタイトル「龍の洞穴」だ。これはもちろん龍穴のことである。そして龍穴と龍蛇神こそ、本シリーズの重要な要素になっているのだ。一貫して龍穴にこだわり続ける聊異斎。『素浪人半四郎百鬼夜行（三）蛇変化(じゃへんげ)の淫(いん)』で描かれた、龍蛇神と龍穴を使った大計画。その意味するものは、まだ分からない。

でも「怪異沸騰編」の冒頭に「龍の洞穴」を持ってきたのだから、やはり何かあるのだろう。ようやく名前の出てきた田沼意次には〝沼〟の字が、松平定信の白河藩には〝河〟の字があることも偶然とは思えない。さらにこの『素浪人半四郎百鬼夜行（四）怨鬼(おんき)の執(しゅう)』のラストで、定信に仕える忍者の頭の名前・匜淵(いち)について、「匜とは水を入れる容器のことで、和名を『はんぞう』と言う」と説明されているではないか。際野聊異斎の〝際〟も〝汀〟と同じ音であり、やはり水を連想させる。龍蛇神が水と関係の深いことを考えれば、あまりにも符号が合いすぎる。このシンボリズムに何が込められているのか、いろいろ考察せずにはいられない。

ついでに名前のことをいえば、榊半四郎の本名は神之木(かんなぎ)二郎左(じろうざ)という。神之木は当然、〝巫(かんなぎ)〟であろう。第三巻『蛇変化の淫』に登場した斎姫女(いつきめ)という芸人が、蛇巫(蛇巫女)であったことを思えば、半四郎が彼女に強く惹かれたのも当たり前。なぜなら二人とも〝巫〟であったのだから。いやもう、こういうことを考え出すと、いつまでも止まらない。他にも、際野聊異斎の聊異斎が、中国の有名な怪異譚集『聊斎志異』から採られていることは明白だが、よりによって〝志〟の文字だけが省かれている。たしかに聊異斎が怪異に立ち向かう理由は不明（ようやく本書で少し事情が分かったが）であり、志の在処(ありか)が隠されていた。もしそこまで意識したネーミングであったら、作者は天才というしかないのである。

もっともこれは、あくまでも私の勝手な想像。さらにとんでもない企みが、物語に込められていても驚くことはないだろう。怪異は沸騰し、ストーリーも沸騰する。ならば私たち読者の心も、沸騰せずにはいられないではないか！　この素晴らしいシリーズの行き着く先はどこなのか、大きな期待を抱きながら、見守っていきたいものだ。

本書は書下ろしです。

|著者|芝村凉也　1961年宮城県生まれ。早稲田大学政経学部卒。二十数年のサラリーマン生活を経て、2011年5月『春嵐立つ　返り忠兵衛江戸見聞』(双葉文庫)でデビュー。本シリーズ「半四郎百鬼夜行」は『この時代小説がすごい!』(宝島社)文庫書き下ろし部門で2年連続ランクインの高評価を受ける。2015年からは半四郎シリーズに加え、新シリーズ「御家人無頼 蹴飛ばし左門」(双葉文庫)を開始。これからの一層の活躍が期待される、本格派時代小説家。

素浪人半四郎百鬼夜行(六)　孤闘の寂
芝村凉也

講談社文庫
定価はカバーに
表示してあります

2016年1月15日第1刷発行

発行者――鈴木　哲
発行所――株式会社　講談社
東京都文京区音羽2-12-21　〒112-8001
電話　出版 (03) 5395-3510
　　　販売 (03) 5395-5817
　　　業務 (03) 5395-3615

デザイン―菊地信義
本文データ制作―講談社デジタル製作部
印刷―――信毎書籍印刷株式会社
製本―――株式会社大進堂

Printed in Japan

ISBN978-4-06-293297-4

講談社文庫刊行の辞

二十一世紀の到来を目睫に望みながら、われわれはいま、人類史上かつて例を見ない巨大な転換期をむかえようとしている。

世界も、日本も、激動の予兆に対する期待とおののきを内に蔵して、未知の時代に歩み入ろうとしている。このときにあたり、創業の人野間清治の「ナショナル・エデュケイター」への志を現代に甦らせようと意図して、われわれはここに古今の文芸作品はいうまでもなく、ひろく人文・社会・自然の諸科学から東西の名著を網羅する、新しい綜合文庫の発刊を決意した。

激動の転換期はまた断絶の時代である。われわれは戦後二十五年間の出版文化のありかたへの深い反省をこめて、この断絶の時代にあえて人間的な持続を求めようとする。いたずらに浮薄な商業主義のあだ花を追い求めることなく、長期にわたって良書に生命をあたえようとつとめるところにしか、今後の出版文化の真の繁栄はあり得ないと信じるからである。

同時にわれわれはこの綜合文庫の刊行を通じて、人文・社会・自然の諸科学が、結局人間の学にほかならないことを立証しようと願っている。かつて知識とは、「汝自身を知る」ことにつきていた。現代社会の瑣末な情報の氾濫のなかから、力強い知識の源泉を掘り起し、技術文明のただなかに、生きた人間の姿を復活させること。それこそわれわれの切なる希求である。

われわれは権威に盲従せず、俗流に媚びることなく、渾然一体となって日本の「草の根」をかたちづくる若く新しい世代の人々に、心をこめてこの新しい綜合文庫をおくり届けたい。それは知識の泉であるとともに感受性のふるさとであり、もっとも有機的に組織され、社会に開かれた万人のための大学をめざしている。大方の支援と協力を衷心より切望してやまない。

一九七一年七月

野間省一